KB036704

나에게도 좋은 사람이 될게요.

❖ 일러두기

1. 본문에서 단행본 도서는《 》로, 노래, 영화 및 방송 프로그램은〈 〉로 표시했습니다.
2. 인용문은 원문 그대로 표기하여 일부 표기법이 본문과 다를 수 있습니다.

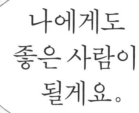

나에게도
좋은 사람이
될게요.

전아론
지음

위로와 응원을 전하는 책들이 넘쳐난다. 우리 모두에게 격려가 필요한 시기이니 당연하고 감사한 일이기는 하다. 다만 내 인생에 대해 잘 알지도 못하는 누군가가 "잘하고 있어. 힘내!" 한다고 해서 쉽게 설득력이 생기지 않는다는 게 문제다.

SNS에는 그럴듯한 나의 일상을 연출하기 바쁘면서도 동시에 타인의 것도 응당 연출이려니 생각은 못 한 채, 각자의 방에서 풀 죽어 있는 우리들. 작가도 우리와 크게 다르지 않은 사람이다. 칭찬을 들으면 "아니에요"가 자동으로 나오는 사람, 외로울 땐 도움을 요청하기보다 한껏 움츠러드는 사람, 현재 해내고 있는 멋진 일들을 찾아내기보다, '이대로 괜찮을까'를 습관처럼 떠올리는 사람.

이 책은 그가 작은 성취에 기뻐하고, 타인의 칭찬과 축하를 기꺼이 받아내며, 스스로에게 좋은 사람이 되어가는 이야기를 담았다. 한 권의 책을 읽으며 점차 글의 명도와 채도마저 달라지는 느낌을 받았다면 기분 탓일까.

어느 순간 갑자기, 나와 관련된 모든 것이 보잘것없어 보일 때가 있다. 맥락 없이 찾아오는 어두운 마음을 누군가에게 털어놓기도 번거로울 뿐이다. 나는 그럴 때 타인의 이야기를 훔쳐보는 편을 택한다. 조용히, 깊게 훔쳐보는 데는 의외로 책만 한 게 없다. 저 사람도 애쓰는 중이라는 사실에 묘한 동질감을 느끼기도 하고, 이 부분은 나보다 낫네, 이 부분은 좀 안 됐네, 하고 생각하다 보면 자연스레 괜찮아진 적도 많다. 작가의 수다스럽지 않은, 속 깊은 문장들에 나뿐 아니라 독자들도 괜찮아질 거라는 믿음이 생긴다.

어른이 되고 한참이 지났지만, 오히려 시행착오는 더 많아지는 것 같다. 이쯤 되면 인생의 철학을 다듬어갈 줄 알았는데, 철학은커녕 제대로 살고 있는 건지도 잘 모르겠다. 그럼에도 매일을 의연하게 살아내야 한다면, 하루하루 더 많은 즐거움을 얻기 위해 주저하지 않아야 하고, 내 행복은 내가 챙겨야 한다는 걸 깨닫는 게 먼저다. 그렇게 스스로를 돌봐주는 좋은 사람이 된다면, 언젠가 타인에게도 따뜻한 손길을 내밀 수 있는 사람이 될 수 있지 않을까.

김소영 (방송인, 책발전소 대표)

나를
아끼는 사람이
되겠습니다

두 번째 책을 출간한 에세이스트, 10년 가까이 잡지사에서 주간지와 디지털 콘텐츠를 만들어온 (지금은) 프리랜서 에디터, 향수 브랜드 ahro(아로)의 조향사이자 대표. 여기까지가 나를 소개할 때 쓰는 표현이다. 만나는 사람에 따라, 환경이나 상황에 따라, 어떤 것은 부각하고 어떤 것은 제외하기도 한다. 어쩐지 내 소개를 하기 위해 필요한 문장이 점점 늘어나는 것만 같다.

요즘은 'N잡러'라 불리며 나처럼 다양한 직업을 가진

사람을 심심치 않게 볼 수 있다. 내 주변만 해도 여럿이다. 회사에서 디자이너로 일하면서 주말에는 외주 책 작업을 하며 일러스트레이터로 활동하는 사람, 본인의 스튜디오를 꾸리면서 동시에 유튜브 채널을 운영하는 사람, 시를 쓰는 시인이면서 학생들에게 영어를 가르치는 사람….

뿐만 아니다. 대부분의 사람이 사회관계망 서비스를 통해 각자 크고 작은 콘텐츠 채널을 꾸려나가고 있지 않는가. 직장에 다니면서도 퇴근 후에는 사이드 프로젝트를 진행하거나 새로운 것을 배우는 사람도 꽤 많다.

나는 이런 흐름이 반갑다. "한 우물을 파야 성공한다", "칼을 뽑았으면 무라도 베어야 한다"는 식의 말에 스트레스를 받으며 자라왔기 때문이다. 집중력이 약한 내가 싫었다. 이것저것 기웃거리다가 괜찮은 결과물 하나 만들지 못하고 인생이 끝나버릴 것 같았다. 그런 괴로움과 두려움이 다양한 방식으로 내 어린 시절을 좀먹었다.

그런 내가 여러 가지 일을 동시에 해내야 하는 주간지

에디터가 된 것은, 어쩌면 자연스러운 일이었을까? 호기심 많은 성향은 매주 새로운 주제로 글을 쓰고, 낯선 사람을 만나고, 유행하는 장소를 찾아가는 데 도움이 되었다. 콘텐츠를 계속 쏟아내는 것이 중요했기 때문에 약한 집중력을 들키지 않을 수 있었다. 나에게 비교적 유리한 환경에서 일할 수 있었다는 건 큰 행운이었다. 하지만 그렇게 10년을 보내는 동안 내가 어떤 사람인지 적극적으로 인지하고, 그것을 받아들이는 노력을 해볼 기회가 상대적으로 적었다.

회사를 벗어나 혼자서 글을 쓰고 내 일을 꾸리면서, 나는 급작스럽게 나 자신에 대해 여러 가지를 깨닫게 되었다. 그중 가장 중요한 건 내가 스스로 에너지를 채울 줄모르는 존재이며, 그간 많은 부분을 타인에게 기대왔다는 것이었다. 내가 나에게 '잘했다'고 인정해주는 일, '멋지다'고 칭찬해주는 일, '괜찮다'고 위로해주는 일, 그런 게 어색했다. 불편했고, 뭔가 우스꽝스러워 보일까 두려웠다. 오히려 가깝다는 이유로 나는 나 자신을 더 소홀하고무심하게 대해왔음을 알게 됐다.

더 많은 즐거움을 찾기 위해 더 많은 실패와 시행착오를 거치는 삶. 나는 내 삶이 그런 모양인 것이 좋다. 하지만 그렇게 사는 데는 생각보다 많은 에너지가 필요하다. 다양한 일을 하면 성취와 실패의 기회가 동시에 늘어나니까. 외부의 인정과 칭찬만으로는 결코 나를 충분히 충전할 수 없다. 혼자 내 일을 시작하면서 맨땅에 헤딩하느라 이마가 깨지고 연이은 실수에 무릎이 깨질 때, 결국 가장 먼저 나를 일으킬 수 있는 존재는 다름 아닌 나 자신이었다. 내가 나를 인정하고 칭찬할 수 있어야 한다는 걸 깨달았다.

예전에는 자기 자신에 대해 긍정적인 말을 늘어놓는 사람을 보면 당황한 기색을 감추기 위해 노력해야 했다. 나에게 없는 면이기 때문에 어떻게 대처해야 할지도 몰랐다. 하지만 요즘은 자신이 잘한 일을 먼저 얘기하는 사람들이 귀엽다. 그 말을 들으면 "나도, 나도!" 하면서 내가 이룬 소소한 일들을 꺼내놓는다. 내가 나를 인정하지 않으면 아무도 나를 인정해주지 않으니까. 행복이 셀프인 것처럼 칭찬도 셀프로 해야 하니까.

이제껏 나는 나에게 모질게 굴었다. 쉽게 평가절하하고, 아무렇지 않게 비난했다. 칭찬해주는 것도, 인정해주는 것도, 이해해주는 것도, 그래서 결국 사랑해주는 것에도 인색했다. 이 책에 실린 글은 그걸 깨달아가는 과정이자 흔적이다.

물론, 사람은 뭔가를 깨달았다고 해서 단번에 짠! 하고 변신하지는 못한다. 하지만 자신이 원하는 방향으로 한 걸음 한 걸음 나아가는 것 정도는 할 수 있다. 어색하긴 하지만 그래도 나를 칭찬하기 위해 거울 앞에서 "그래, 나 정도면 괜찮잖아?"라며 머쓱한 얼굴로 다정한 응원의 말을 건넨다. 너무도 거대하게만 느껴지는 과제 앞에서는 "한 번에 하나씩, 한 번에 하나씩"이라고 되뇌며 내 손끝, 내 발끝에 집중해본다. 작은 것이라도 뭔가를 성취하면 별거 아니라고 넘기지 않고 충분히 기뻐하는 시간을 갖는다. 좋은 일이 생기면 꼭 친구와 가족을 불러 축배를 들고, 그들이 건네는 칭찬과 축하를 술잔에 받아 마신다. 그렇게 나는 나에게 더 좋은 사람이 되는 방향으로 나아가고 있다.

책 한 권을 다 쓰고 나서도 여전히, 나는 그 과정 속에 있다. 이 말은 방금 책을 펼친 여러분에겐 조금 기운 빠지는 소리일까? 하지만 나를 포함한 우리 모두, 스스로가 어떤 사람인지 이해하고 인정하고 긍정하는 시간이 넉넉하게 필요하다. 이 책에 담긴 이야기에 자연스레 공감하는 과정에서 여러분 또한 그런 시간을 충분히 가졌으면 한다. 다른 사람을 아끼는 만큼 자기 자신도 아낄 수 있기를, 자신에게 가장 좋은 친구가 되어주기를 바란다.

2020년 9월
전아론

• Contents •

Part 1

나에게 가장 인색한 건 바로 나였어

내 행복은 내가 챙겨야지

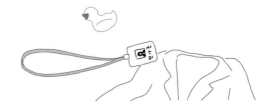

Part 4

나를 돌보는 다정한 개인주의자가 될래

Part 1 ───────────

나에게 가장 인색한 건
바로 나였어

내가 나를
잘 안다는 건
착각일 뿐

후배 J와 커피 한잔을 앞에 두고 한참 수다를 떨던 날이었다. 나보다 먼저 퇴사한 후 플로리스트의 길을 선택한 그녀는 앞으로의 진로에 대해 고민하고 있던 참이었다. 폭풍 같은 수다 사이에 잠깐 침묵이 고였고, 후배가 대뜸 '이상한 말'을 했다.

"그래도 선배는 대단해. 나도 선배처럼 뭔가를 꾸준히 할 수 있는 사람이면 좋겠어."

"엥? 그게 무슨 소리야? 나 진짜 끈기 없는데."

그 말이 진심으로 이상하게 들렸다. 평소 칭찬봇인 J이긴 하지만 '얘가 나를 놀리나?' 싶은 마음이 들 정도였다.

나는 나를 잘 안다. 변덕도 심하고 끈기도 없다. 그래서 한 우물을 파지 못하고 이것저것 첨벙대기 일쑤다. 집중력도 약하다. '대신 호기심이 강하지'라며 부족한 것투성이인 나를 위해 그럴싸한 변명을 하곤 한다. 그런데 후배가 하는 말은 달랐다.

"선배는 에디터라는 직업으로 10년 가까이 한 회사를 다녔잖아."

"에이, 그건 직업이었으니까 그렇지."

"조향도 계속 공부하고 있고."

"조향 공부는 원래 끝이 없는 거라 그래."

"그리고 글! 글도 꾸준히 쓰고 있잖아. 어제도 썼고!"

"글 쓰는 건 항상 하는 거니까⋯."

이야기를 나누다 보니 후배는 계속해서 나에게 잘하고 있다고 말하는데 나는 아니라고 우기는 모양새가 되어버렸다.

"이것저것 하긴 하는데, 내가 뭐 하나를 몰입해서 하는 건 아니라서…"하고 말끝을 흐렸더니 후배가 웃으며 말했다.

"그럼 조금씩 꾸준히 하는 사람이네."

집으로 돌아오는 길에 후배가 한 말이 계속 머릿속을 맴돌았다. 조금씩 꾸준히 하는 사람. 내 앞에 '꾸준히'라는 말이 붙으리라고는 상상도 못 했다. 나는 그런 사람이 아니라고, '변덕도 심하고 끈기도 없지만 호기심은 많은 사람'이라고 스스로를 규정해왔기 때문이다.

누군가를 어떤 범주 안에 넣어 이해하려는 건 굉장히 게으른 애정이라고 생각한다. 애정은 있지만 이해하기 힘들거나 그럴 만한 에너지가 없을 때, 우리는 상대를 쉽게 특정 범주 안에 넣어버린다. 그리고 '그 사람은 이런 사람이야' 하고 단정한다. 생각해보면 나 또한 타인에게 이런 잘못을 자주 범했고, 그로 인한 아픈 기억도 있다.

몇 년 전, 취재를 위해 같이 일하던 후배와 함께 부산국제영화제에 가서 영화를 관람하고 숙소로 돌아가는 길이었다. 영화제 취재는 겉보기엔 멋있을지 몰라도 실제로는 밥 먹을 시간도 없이 연속으로 네다섯 편의 영화를 보고 그걸 그 자리에서 정리하고 기록해야 하기에 녹록치 않은 일이다. 다양한 감정을 다루는 영화들을 계속 보다 보니 평소에는 상대방과 나누지 않을 법한 깊은 이야기를 하게 되는 일도 많다. 그날도 그런 밤이었다. 지친 걸음에도 쉴 새 없이 대화를 나누던 와중에 후배가 이런 말을 했다.

"선배는 그런 말을 많이 하잖아요. '너는 어떤 스타일이니까' 혹은 '너는 어떤 타입인 거 같아' 식의 말이요. 그게 나쁘다는 건 아니고요. 선배 나름의 이해하려는 노력인 건 알겠는데 사실 틀릴 때도 많거든요, 선배 말이."

그날 나눈 다른 대화는 다 잊었는데, 그 말만은 아직도 생생하게 기억난다. 세심한 노력 없이 후배들을 이해하려 했던 말들, 내 딴에는 노력이라 생각했던 것들이 사실은 일종의 폭력이었단 걸 깨달은 순간이었다. 상대에게 애정이 없었다면 그런 말도, 그런 생각 자체도 하지 않았을 것이다.

가까운 사이일수록 우리는 오히려 서로를 모를 때가

많다. 예를 들어 부모 형제 같은 가족 간에 그렇다. 어린 시절의 에피소드나 자주 하는 행동으로 가족 사이에서 각자의 위치는 정해져 있고, 성격이나 성향에 대한 판단은 '이미' 끝나 있다. 하지만 인간은 계속 변하기 마련이고, 그렇게 고정된 관계를 지속하다 보면 서로에게 상처를 주기 쉽다. 그러려는 의도가 아니었음에도 습관적인 판단이 관계를 망치는 것이다.

그런 면에서 가장 가깝고 소중하기에 습관적으로 판단하고 단정 짓는 존재가 바로 자기 자신이 아닐까 싶다. '나는 첫째니까', '나는 딸이니까', '나는 선배니까', '나는 ○○이니까' 하고 수도 없이 많은 굴레를 나 자신에게 덮어씌웠다. 역할, 위치, 성향에 따라 나를 쉽게 판단하고 규정하려 했다. '나는 끈기가 없으니까', '나는 호기심이 많으니까', '나는 유혹에 약하니까'…. 내가 나를 제일 잘 안다고 생각하며 습관적으로 내뱉었던 문장들 속에 얼마나 많은 내가 갇혀버렸을까. 그렇게 생각하니 아찔하다.

회사를 그만두고 나의 정체성을 이루던 직업과 직급과 위치를 모두 풀어헤치고 나서, 나는 그동안 '나'라고 믿었던 많은 것이 한시적이었을 뿐이란 걸 깨달았다.

과거는 내가 흘러온 궤적일 뿐, 나의 전부는 아니다. 나는 나를 잘 모른다. 미래의 나에 대해서는 더더욱 그렇다. 그렇다면 계속 변화하게 될 삶 속에서 나에게만은 조금 더 예민한 사람이 되어줘야 하지 않을까? 그래야 나뿐 아니라 다른 사람에게도 섣부른 판단이나 범주화를 저지르지 않을 수 있을 테니까.

나를 향해서든 타인을 향해서든 언제나 애정을 갖는 일이란 이렇게나 번거롭고 마음이 많이 가는 일이다. 하지만 그래서 더 귀하고 필요한 일임을 이제는 안다.

나에게
가장 인색한 건
바로 나였어

'인생은 실패의 연속이구나.'

가끔 이런 생각이 들 때마다, 마음이 서늘해지는 동시에 담담해지는 것을 느낀다. 사소한 행복과 벅찬 성취의 순간도 있지만, 그것으로 메꾸지 못할 실패의 순간도 분명히 있다. 그런데 누구에게나 공평하게 적용되는 그 사실 앞에서 나의 무의식은 나를 슬쩍 예외의 자리로 밀어놓곤 했다.

'속상하긴 하지만 누구나 실패할 수 있는 거잖아? (하지

만 난 실패하면 안 돼!)'

　'에이, 그 정도 사소한 실수는 누구나 하지! (하지만 난 실수해선 안 된다고!)'

　잘하고 싶은 욕심이 커질수록 자신에게 더 가혹해지는 건 왜일까? 회사를 그만두고 혼자 일하면서, 모든 일을 혼자 책임지고 성과도 실패도 오롯이 나만의 몫이 되자 숨 쉴 구멍이 차츰 좁아졌다. 성취보다는 실패가, 해낸 일보다는 아직 하지 못한 일이 더 크게 보였다. 가장 큰 문제는 이 모든 걸 나 혼자만 알고 있다는 거였다. 지나가는 말이라도 '수고했어', '잘했어', '고생하네'라는 말을 해주는 동료가 없으니 마음이 고여만 갔다.

　그래서 전보다 SNS를 더 많이 했다. 특히 24시간이 지나면 사라지는 인스타그램 스토리에 사소한 일상을 자주 올렸다. 이른 아침부터 일하며 마시는 커피 한잔, 미팅하러 가는 길에 본 새파란 하늘, 노트북 앞에 보란 듯 누워 있는 고양이의 귀여운 모습, 혼자 차려 먹는 간단한 점심…. 외로워서, 불특정의 누구와라도 연결되고 싶어서 그랬다.

"오, 일찍 일어났네!"

"여긴 어딘가요?"

"ㅋㅋㅋ 맛있겠다."

사람들이 건네주는 메시지가 반가웠다.

하지만 SNS에 올리는 장면은 내가 진짜 하고 싶은 말과는 거리가 있었다. 눈뜨자마자 씻지도 않고 바지런히 일해도 좀처럼 해결되지 않는 문제, 허탕에 가까운 미팅, 지겹도록 실패를 반복해야 하는 글쓰기와 조향의 고단함…. 이런 얘긴 누구도 듣고 싶어 하지 않을 거란 생각에 입을 다물었다. 심지어 가까운 가족과 친구들에게도 마찬가지였다. 오히려 가깝기 때문에 반복되는 실패를 자꾸 이야기하는 것이 마치 그들에게 응석 부리는 것 같아 미안했다.

그러다 보니 어느 순간, 아주 뾰족하게 날이 서 있는 나를 발견했다. 아주 사소한 실수에도 분노가 멈추지 않았다. 자동차보험 만기일을 넘겨버리는 바람에 보험회사와 쓸데없는 실랑이를 하는 순간, 번호를 잘못 적어 넣어

엉뚱한 사람에게 메시지를 보낸 순간, 급하게 사 온 사료를 먹고 고양이가 토하는 걸 본 순간…, 그 모든 분노는 나를 향해 있었다.

'대체 왜 이런 잘못을 한 거지? 어떻게 이런 실수를 할 수 있지? 나만 잘하면 되는 건데, 내가 다 망쳤어.'

내가 나에게 내뱉는 가혹한 말이 차곡차곡 쌓여갈수록 모래주머니를 단 것처럼 마음이 무거워졌다. 늘 해내던 일도 더 어렵고 멀게 느껴졌다. 업무가 손에 잡히지 않아 집 앞 카페로 나서는 일조차 쉽지 않을 정도였다. 우울감에 사로잡혀 정오가 다 되도록 침대에서 일어나지 못하던 어느 날, 처음으로 SNS에 힘들다는 말을 줄줄 적었다. 그러고는 곧바로 후회에 사로잡혔다.

'사람들은 이런 얘기 싫어하는데 또 바보 같은 짓을 했네.'

시계를 보니 더 이상 축 처져 있을 여유도 없었다. 때마침 핸드폰이 울리며 일에 관한 메시지가 도착했고, 자리에서 몸을 일으켰다.

'더 열심히 하면 뭐든 나아질 거야. 축 처져 있을 시간

없어.'

그런 생각을 하며 마음을 다잡으려 애쓰고 있었는데, 한창 업무 관련해서 대화를 나누던 메신저 창에 커피와 케이크 기프티콘이 도착했다.

"대표님! 인스타그램 봤어요. 혼자서 이만큼 하시는 거 진짜 대단한 거예요! 힘드시겠지만, 이걸로 당 충전도 하고 나가서 산책도 하고 오세요. 응원해요. 힘내세요!"

메시지의 주인공은 내 향수 브랜드의 홍보와 마케팅을 대행해주고 있는 담당자님이었다. 감사의 답장을 보내는 데 왜 그렇게 눈물이 나던지…. 그동안 내 발목에 매달려 있던 모래주머니가 떨어져 나가는 듯한 기분이, 갑자기 뭐든 해낼 수 있을 것 같은 기분이 들었다.

아무리 애써도 주저앉아만 있던 마음인데, 누군가 손을 내밀어주니 언제 그랬냐는 듯이 이렇게 거뜬히 일어설 수 있다니! 타인으로부터 이렇게 순수한 응원을 받는 장면은 상상도 못 했다. 그제야 깨달았다. 내 선택지에는 타인에게 도움을 요청한다는 항목 자체가 없었구나. 한심해 보이거나 약해 보일까 봐, 응석이나 넋두리처럼 여겨

질까 봐, 타인에게는 물론이고 나 자신에게도 손 내밀어 달라고 말하지 못하는 사람으로 살았구나….

내 마음이 힘드니까 도와달라고 요청할 줄 아는 것도 용기가 필요한 일이다. 때로는 스스로를 일으킬 수 없을 정도로 망가져 있는 자신을 인정하는 것 또한 용기가 필요한 일이고.

세상 그 누구보다 내가 나에게 엄격하게 굴 때, 타인의 뭉근한 다정함이 나를 구한다. 그 힘으로 일어서는 게 부끄러운 일이 아니라 감사하고 기쁜 일이란 걸 서른 중반이 돼서야 깨달았다. 나 참, 다 크고 나서도 깨달아야 할 일이 왜 이리 많이 남았는지 모르겠네.

너는 지금
때를 벗는 중인
거야

오랜 고민과 준비 끝에 9년을 다닌 회사에서 퇴사했을 때 아쉬운 마음보다 신나는 마음이 컸었다. '이제 여기 다시 올 일 없겠구나' 하는 식의 감상도 없었다.

퇴사 후 첫 달은 마치 긴 휴가를 보내는 것처럼 느껴졌다. 쌓아뒀던 책도 읽고 미루던 운동도 했다. 조향 공부도 하고 카페에 나가 글도 썼다. 열심히 한 건 하나도 없었다. 그냥 내가 늘 꿈꿔오던 '시간이 아주 많은 어른'이 된 걸 즐겼다. 핫하다는 카페에서 평일 오후 한적함을 누렸다. 플랫화이트 한 모금에 한 문장, 두 모금에 두 문장. 쓰는 기분만 내면서 가만히 창밖을 바라보면 기분이 붕 뜨는 것 같았다. 심지어 날 둘러싼 풍경은 한창 봄이었다. 날씨도 어쩜 이렇게 좋아? 들숨에 평온, 날숨에 행복!

하지만 그 기세는 오래가지 못했다. 퇴사 후 3개월이 지난 시점이었나. 여름이 시작되고, 습도가 올라가고, 모기가 날아다니고…, 갑자기 불안해졌다.

졸업과 동시에 취업을 했던 나는 사회인이 된 후 한 번도 경제활동을 멈춘 적이 없었다. 통장에는 아직 퇴직금이 남아 있고, 이제껏 모아둔 돈도 있었다. 그래서 생각도 못 했다. 잔고가 줄어들고 있다는 사실만으로 이렇게 흔들릴 거라곤.

몸은 자유로워졌는데 여전히 직장인의 일정에 맞춰 살아야 한다고 생각하는 고정관념도 문제였다. 아홉 시가 넘어서 눈을 뜨는 날이면 일어나기도 전에 스트레스를 받았다. '아, 지금쯤이면 자리에 앉아 있어야 하는 건데.' '회사 다닐 때보다 생산적이지 못한 것 같아.' 그러다가

퇴근 시간이 지나면 (나는 퇴근이 없는 사람인데도!) 하던 일을 슬슬 마무리해야 할 것만 같은 기분에 휩싸였다. 시간 내에 일을 끝내지 못했다는 압박감을 느끼기도 했다. 이제 회사 밖에서 살기로 했으면서도 내 삶을 자꾸만 회사 다닐 때의 출퇴근 시간 기준으로 재단했다.

당시 내가 하고 있던 일들이 퇴사 전의 업무와 무척 다르다는 것도 압박감에 한몫했다. 글 쓰는 일 외에도, 새로운 브랜드 론칭을 준비하고 있었기 때문이다. 오랫동안 조향을 배워오다가, 직접 만든 향기를 세상에 꺼내놓고 싶어서 첫 향수를 제작하고 있던 참이었다. 시작하기 전에는 몰랐다. 하나부터 열까지 '직접' 한다는 것의 어려움을. 늘 익숙한 일만 해오던 회사에서는 어느 정도 속도감 있게 일을 척척 해내던 9년 차 직원이었는데 갑자기 애송이가 됐다. 어떤 날은 며칠간 몰두했던 공정이 나무아미타불이 되기도 했다. 자꾸 실패하고 실수하고 버벅대는 나를 받아들여주고 싶지도, 인정해주고 싶지도 않았다.

그런 나날이 이어지자 한여름이 됐을 무렵에는 완전히 무기력해졌다. 자꾸 숨고 싶고, 아무것도 하고 싶지 않았다. 일기를 쓰며 마음을 달래보기도 하고, '아침 루틴' 같은 걸 만들어 애써 힘내보려고도 했지만 모두 실패했다. 잠에서 깨면 눈물부터 나는 날도 있었다. 씻고 나갈 준비를 하다가도 이불 속으로 숨었다. 내가 원해서 선택한 삶인데, 이렇게 괴로워하고 있다니….

수화기 건너 목소리가 날로 안 좋아지자 엄마도 낌새를 챘는지 걱정을 하기 시작했다. 괜찮다고, 별일 아니라고 대꾸해오다가 어느 날 최대한 밝은 톤으로 슬며시 말을 꺼냈다. 왜 이러는지 모르겠다고. 자꾸만 직장인이던 때와 지금의 나를 비교한다고. 매월 들어오는 월급이 없으니 불안하다고. 하고 싶은 건 많은데, 해야 하는 것도 많은데, 압박감에 점점 움직이기 힘들어진다고.

"좋으려고 회사 나온 건데 말이야. 왜 이러나 몰라. 그치? 바보 같지?"

잠자코 듣고 있던 엄마가 답을 했다.

"뭐가 바보 같아! 넌 지금 직장인의 때를 벗고 있는 중인 거야."

그 말이 너무 웃겨서 웃음이 터졌다.

"때는 무슨 때야! 그럼 이전에는 때가 묻어 있었다는 거야!?"

깔깔깔. 엄마도 따라 웃었다. 그게 아니라, 그곳에서 이곳으로 넘어왔지만 아직 과거의 내가 묻어 있다는 뜻이라는 말을 덧붙이면서.

그로부터 시간이 훌쩍 지난 지금, 놀랍게도 많은 것이 변했다. 동시에 세 가지 일(에세이스트, 프리랜서 에디터, 조향사)을 나름대로 균형감 있게 진행하고 있다. 매주 일요일 밤에는 다음 주 일정을 정리하고, 매일 아침 그날 할 일을 체크한다. 정해진 기상 시간은 없다. 그날그날 일정에 맞춰 깨고, 일하고, 논다. 어떤 날에는 새벽 여섯 시 반에 깨서 글을 쓰기 시작하고, 어떤 날에는 아침부터 저녁까지 외부 일정 세 개를 연달아 소화하기도 한다. 그런가 하면 느지막이 일어나서 집을 정리하고 밤 열 시까지 여유롭게 일을 할 때도 있다. 아직도 적응 중인 부분이 있긴 하지만, 적어도 더 이상 직장인으로 살아왔던 나와 지금의 나를 비교하지는 않는다.

이렇게 될 줄 알았다면 그때 그렇게 불안해하고 두려워하지 않았을 텐데. 엄마가 말했던 "때를 벗는다"는 표현은 동물이나 곤충으로 치면 탈피 혹은 변태 같은 것이었으리라. 나비도 고치를 찢고 나온 후에 바로 날지 않는다. 날개가 마를 때까지, 새로운 몸에 익숙해질 때까지 기다리는 것이다. 나 또한 그런 시간이 필요했음에도 불구하고 스스로를 다그치기만 했다. 그건 오히려 나를 더 압박하고 불안하게 만들었을 뿐이다.

크고 작은 변화 앞에서는 누구나 자기 자신을 기다려주는 시간이 필요하다. 퇴사라는 큰 사건이 아니라 사소하고 작은 일을 겪을 때도 마찬가지다. 스스로에게 거는 기대를 줄이는 것도, 서툰 나 자신을 눈감아주는 것도 여전히 쉽지 않지만, 그럴 때마다 엄마가 해준 말을 읊조리며 피식 웃어본다. 그래, 나는 지금 과거의 때를 벗고 있는 거라고!

시작했다고
꼭 끝을
볼 필요 없어

세상에는 시작하는 일에 강한 사람이 있고, 그것을 끝맺는 데 강한 사람이 있다. 물론 둘 다 잘하면 더할 나위 없이 좋겠지만, 아쉽게도 나는 '전자에만' 특화된 사람이다. 오래 지속할 수 있는 것은 숨쉬기, 술 마시기, 글쓰기 정도인데 이마저도 마지막 항목은 자주 중단했다가 재개하곤 한다.

나는 늘 무언가를 끊임없이 찾아다니고 새로 시작했다. 덕분에 이루 다 헤아릴 수 없을 정도로 많은 것을 배웠다. 베이킹, 작사, 디제잉, 요리, 조향, 발레, 재즈댄스, 와인, 인터넷 쇼핑몰 운영, 꽃꽂이, 영상 편집, 피아노…. 누군가 SNS에 "원데이 클래스란 돈을 내고 '이 길이 내 길이 아님'을 하루 만에 확인하는 것"이라는 우스갯소리를 올렸을 때도 웃지 못했던 것은, 그런 확인을 계속 반복하는 사람이 나이기 때문이었다. 하하하.

물론 이런 성향을 부끄러워하고 자책하던 때도 있었다. "일단 시작을 했으면 끝을 봐야지", "칼을 뽑았으면 무라도 베어야지" 식의 말을 너무나도 많이 들으며 자랐기 때문이다.

'나는 왜 한 가지에 집중을 못 할까?', '왜 이렇게 끈기가 없을까?', '이렇게 쉽게 포기해도 되는 걸까?'…. 그런 생각이 쌓일수록 새로운 것을 시작하기가 점점 두려워졌다. 해봤는데 별로면 어떻게 하지? 생각만큼 잘되지 않으면 어쩌지? 이게 진짜 필요할까? 잘할 수 있을까? 그냥 시작하지 않는 게 낫지 않을까?

소심해지고 겁이 많아질수록 세상의 수많은 고정관념이 나를 더 단단하게 붙들었다. 그런데 곰곰이 생각해보니 좀 이상했다. 시작한다고 꼭 끝을 봐야 한다는 법이 있는 걸까? 칼을 뽑았다고 해서 쓸 데도 없는 무를 썰어서 뭐 하나? 그냥 칼을 고이 보관했다가 다른 데 쓰는 게 더 효율적이지 않을까?

인생이란 머릿속에서 이루어지는 게 아니기 때문에 직접 몸으로 부딪치며 경험해봐야만 깨닫게 되는 것이 많다. 지금은 이렇게 글을 쓰고 있지만 대학 시절 나의 장래 희망(?)은 금융업 종사자였다. 대학 입학 후 갑자기 주식에 꽂힌 나는 주식 동아리에 들어갔고, 급기야 증권회사의 오피스 걸이 되겠다는 원대한 계획을 세웠다. 내친김에 여기저기 인턴에 지원한 끝에 어느 작은 증권회사에 합격했고, 바로 휴학계를 냈다. 그런데 출근한 지 열흘 만에 깨달았다.

'아, 여기는 내 길이 아니구나.'

한 달이 지났을 때는 이런 생각마저 들었다.

'나, 이 일 하다가는 얼마 못 가 숨 막혀 죽을지도 모르겠어.'

증권회사에서 일하는 건 여전히 매우 멋진 일이라고 생각한다. 공부하고 준비하는 동안에는 그 일이 나와 맞지 않는다는 사실을 알 수 없었을 뿐이다. 직접 부딪혀보며 나에 대해 세 가지를 깨달았다. 첫째, 성향상 업무의 반복성을 견디지 못한다. 둘째, 거대한 프로젝트 속에서 하나의 역할을 맡기보다는 작더라도 스스로 뭔가 만들어내고자 하는 욕구가 크다. 셋째, 상명하달식이 아니라 협업이나 혼자 하는 일이 어울리는 업무 스타일이다.

이후 막막한 심정으로 캐나다 시골 마을로 교환학생을 다녀오면서, 다행히 나에게 맞는 잡지 에디터라는 직업을 찾아냈다. 남은 1년간 빡세게 대학생 기자단, 패션지 객원기자, 대학생 패션지 에디터까지 다양한 경험을 하며 수차례 검증한 뒤에야 안심하고(?) 취업할 수 있었다.

지금 돌아보면 아찔하다. 무턱대고 질러본 증권회사 인턴 시절이 없었다면, 거기서 아닌 걸 깨닫고 재빠른 포기를 하지 않았더라면, 맞지 않는 일을 하느라 무진장 고생하고 나가떨어졌겠구나 싶어서. 무라도 썰겠다고 오기 부리지 않고, 얌전히 적장에서 물러나 칼집에 칼을 고이

꽂아둔 과거의 나 자신을 칭찬하고 싶다.

그러니 나를 비롯한 그 누구라도 "시작했으면 끝을 좀 봐라", "뭐 하러 그런 걸 하냐"는 식의 핀잔 섞인 말 앞에서 좀 더 당당해졌으면 좋겠다. 시작이란 씨앗 같은 거니까. 싹이 나는 것도 있고, 아닌 것도 있다. 싹이 튼 이후에 튼튼하게 자라는 것이 있는가 하면 금방 시드는 것도 있고, 꽃이 피는 것도 있고, 피지 않는 것도 있고, 사시사철 푸른 것도 있다. 그건 씨앗을 심어서 자란 후에야 알 수 있다. 심지 않으면? 아예 모르는 거고.

나는 늘 하나의 씨앗에 집중해서 한 그루의 크고 튼튼한 나무를 끈기 있게 키워내는 사람을 부러워했다. 푸릇푸릇한 잎사귀들 같은 성과와 거대한 그늘의 안정성 같은 것을. 하지만 이제는 안다. 나는 다양한 식물이 피고 지면서 시시때때로 얼굴을 바꾸는 작은 밭을 가꾸는 게 어울리는 사람이라는 걸. 누군가에게는 무성한 정글이, 또 누군가에게는 같은 종류의 식물을 빽빽하게 심어둔 텃밭이 어울리는 것처럼.

물론 새로운 씨앗을 심을 때마다 여전히 걱정한다. 싹을 틔울 수 있을지, 잘 자랄 수 있을지, 이 씨앗을 심는 데 시간과 체력과 마음을 너무 소모해버리는 것은 아닌지…. 나이 들수록 인생의 유한성이 커다랗게 다가오고 '이제는 늦은 것 같다'는 생각은 익숙한 돌부리처럼 나를 넘어뜨린다. 하지만 김연수 작가가 《청춘의 문장들+》에서 "나는 삶을 추측하는 일을 그만뒀다. 삶이란 추측되지 않았다. 그냥 일어날 뿐이다"라고 말했던 것처럼, 이제는 무언가를 시작하고 계획을 세워가며 몰두할 때 결과를 추측하려 하지 않는다.

인생은 무작위 상황의 연속이니 예기치 못한 성공과 실패에 설레기도 하고 가슴 아프기도 하는 법이다. 그렇기에 무엇도 방패가 되어주지 못하는 이 삶에서 나는 시작하는 걸 잘하는 성향에 맞게 끊임없이 새로운 씨앗을 심고 키워보려 한다. 오늘 시작한 것이 어디까지 갈 수 있을지 계산하고 걱정하는 것이 아니라, 오직 그걸 하는 나 자신을 믿어가면서.

'이대로
괜찮을까?'
불안해질 때

얼마 전 주말, 여느 때와 다름없이 씻지도 않고 침대
위에서 뒹굴뒹굴하며 핸드폰을 들여다보고 있었다. 그날
따라 SNS에 올라온 사진들이 자꾸 나를 한숨 쉬게 만들
었다. 파리를 여행하고 있는 사람, 유명 브랜드의 새 향수
론칭 파티에 참석한 사람, 안 그래도 늘씬한 몸매인데 운
동을 더 하고 있는 사람, 주말에도 쉬지 않고 공부하는 사
람···. 핸드폰을 내려놓고 멍하니 천장을 바라봤다. 이때
다 싶어 배 위에 올라와 눕는 고양이 쿠키의 가르릉 소리

를 들으며 나 자신에게 물었다. "나, 이대로 괜찮을까?"

버는 돈이 늘어난 것도 아니고, 멋진 여행에서 인사이트를 얻은 것도 아니고, 몇 달째 대단한 일 없이 살아온 내가 갑자기 한심해졌다.

'주말이랍시고 오후 두 시가 넘도록 침대 위에 누워 있다니! 이 귀한 시간을 이렇게 낭비하고 있다니! 이래서는 지금 이대로 영영 아무것도 변하지 않을 거라고!'

조급한 마음에 벌떡 일어나 친구들에게 연락을 했다. 누구라도 만나야겠다 싶었다. 하지만 주말이 다 끝나가는 이 마당에 갑자기 나를 만나줄 사람이 있을 리가. 친구들은 각자의 주말에 전념하고 있었고 나는 더더욱 시무룩해졌다. 사람도 제대로 못 챙기고, 내가 제대로 하는 게 대체 뭐니….

그렇게 주말을 보내고 나니 '이대로 괜찮을까?' 하는 질문(이자 의문)이 내내 나를 따라다녔다. 그렇게 행복이 아니라 불행에 기대기 시작했다. 들여다보면 무언가 이뤄야만 한다고 늘 재촉받아왔던 학창 시절과 직장 생활을 거쳐오면서 견고해진 불안이 그 한 문장의 질문(이자 의

문) 안에 숨어 있었다.

어릴 때는 이런 나약한 불안 따위, 나이가 들면 괜찮아질 거라고 생각했다. 하지만 반대였다. 인생은 학교나 회사처럼 정해진 기준이 있는 게 아니라서, 내가 가진 선택지가 무한대로 늘어난다. 그중 어떤 기준에서는 좋은 성과를 보일 수 있을지 모르지만 모든 기준에서 좋은 점수를 얻을 수는 없다. 밤낮으로 열심히 글을 써서 글쓰기 점수가 높아지면, 그 시간만큼 방치해둬 지저분해진 집 때문에 집안일 점수는 낮아지는 식으로. 그러다 보면 항상 어떤 부분은 마이너스 점수일 수밖에 없다.

잘하고 있는 것도 많지만 어째서인지 눈에 가장 먼저 보이는 것은 부족한 부분이다. 어느 날 심리학을 연구하는 박진영 저자가 쓴 《나, 지금 이대로 괜찮은 사람》이라는 책을 읽다가 무릎을 탁 쳤다.

실제로 비슷한 종류의 사건일 때 긍정적 정서에 비해 부정적 정서의 강도가 더 심하며 더 오래가고 주의도 더 잘 빼앗는 등 부정적 정서의 영향이 지배적인 현상이 나타난다. 이와 같은 현상을 부정편향(negativity bias)이라고 한다. 즉 우리는 기본적으로 좋은 일보다 나쁜 일에 더 큰 영향을 받는다.♡

그럼 그렇지, 나만 그런 건 아니구나. 열심히 글을 쓰고 집에 돌아왔을 때, 현관 앞에 서서 집이 지저분하다는 이유로 풀이 죽는다. 집이 깨끗하다고 해서 마냥 행복해하는 것도 아니면서, 나는 왜 아쉬운 것들만 열심히 줄을 세울까. 그런 내가 못마땅했는데 다들 그렇다고 하니 어쩐지 안심이 되면서 짠한 마음이 들었다.

언제나 불행과 불만은 힘이 세고, 몸집이 크고, 시끄럽다. 그래서 우리의 몸과 마음은 자꾸 불행과 불만 쪽으로 기운다. 그러다 보면 더 중요한 요소들, 예를 들어 몸이 아프지 않다는 것, 아끼는 사람들이 별 탈 없이 잘 지낸다는 것, 일상을 유지할 수 있을 정도로 내 마음이 잘 버텨주고 있다는 것을 잊는다. 내가 '무사'하다는 것에 대해

나는 너무 무심하다.

그렇게 무심한 내가 다그치듯 뱉어내는 그 질문, '이대로 괜찮을까?'의 포인트는 '이대로'에 찍혀 있다. 변함없이 이 모양으로 살게 되어도 넌 괜찮겠냐는 질문. 여기서 멈출까 봐, 바뀌지 않을까 봐, 나아지지 않을까 봐 두려워하는 질문. 그건 나뿐만 아니라, 언제나 '더 나아져야 한다'라는 메시지를 주입받아온 우리 모두가 쉽게 걸려 넘어질 수 있는 질문일 것이다.

하지만 '지금 이 모양'에서 영원히 변하지 않았으면 하고 바라는 것도 분명히 있다. 아빠가 돌아가신 후 엄마가 혼자서 씩씩하게 잘 지내는 것, 열 살이 다 되어가는 내 고양이들이 여전히 우다다거리며 똥꼬발랄하다는 것, 회사 다닐 때와 다르게 내 글을 쓸 시간이 넉넉하다는 것, 매일 운동을 하며 조금씩 건강해지고 있다는 것 등등.

'이대로 괜찮을까?' 하며 불안한 마음이 들 때는 변하지 않을까 봐 두려운 부분보다 영영 이대로였으면 하고 바라는 부분을 세어보려 한다. 내 삶이 무사하도록 지켜주는 일들을 발굴해서 내 눈길이 잘 닿는 곳에 두어야 한

다. 그건 노력이 필요한 일이겠지만, 억지스럽거나 어려운 일은 아니다. 항상 눈에 띄는 건 아니라도 우리 삶에는 의외로 소중한 게 많으니까.

❀ 《나, 지금 이대로 괜찮은 사람》 123쪽, 호우, 2018

내 몸을
이해하는
연습

오른쪽 귀가 안 들린 적이 있다. 주간지를 만들며 산
지 6년쯤 지난, 일이 아주 바쁘던 때였다. 마음이 힘든 날
들이기도 했다. 그 무렵, 스트레스 때문인지 자주 이명이
오곤 했다. 삐이…. 귀에서 고장 난 전화기 같은 소리가
들렸다.

'자꾸 왜 이러지?'

불편해하고 걱정하면서도 그냥 넘겼다. 그러던 어느
날, 한차례 이명이 지나가고 나니 오른쪽 귀가 잘 들리지

않았다. 귓속이 진공상태가 된 것 같았다.

'헉, 이게 뭐지.'

두려움에 가슴이 쿵 내려앉았다. 급하게 검색을 해봤지만 쓸 만한 내용은 없었다.

'당장 병원에 가야 하나?'

하지만 끝내야 할 마감도 미팅도 너무 많았다. 주간지 에디터에게 일주일은 마음껏 아플 수 있는 요일과 절대 그럴 수 없는 요일로 나뉘어 있는 법이니까. 일단 다음 날로 병원을 예약했다. 야근을 하고 집에 가는 길에도 여전히 오른쪽 귀는 들리지 않았다. 자려고 누웠는데 눈물이 찔끔 났다. 무서웠다.

다음 날 아침, 귀가 다시 돌아왔다! 눈 뜨자마자 귀가 들린다는 걸 확인하고 온갖 신들에게 감사 인사를 했다. 하지만 불행히도 그날 이후 내 귀는 몇 번이나 더 고장이 났다. 망가진 전화기처럼, 무전기처럼, 라디오처럼, 로봇처럼. 이상한 소리가 들리거나 지지직거리거나, 동굴처럼 울림 현상이 나타나거나, 안 들렸다. 내과에서 이비인후과로, 이비인후과에서 한의원으로, 한의원에서 신경과로 병원을 바꿔가며 진단을 받았다. 어디서도 정확한 원인이나 해결 방법을 찾지 못했다. 들리지 않는 것에 대한 불안은 만성이 되어갔다.

'안 그래도 마음이 힘든 시기인데 몸까지 왜 이러는 거야?'

길을 걷다가도, 버스를 타고 내리다가도 불쑥불쑥 뜨거운 화가 치밀어 올랐다. 일이나 인간관계에서 받은 스트레스가 내 몸을 아프게 한 것이 분명했다. 그런데도 분노는 나를 향해 있었다. 언젠가 정신과 의사이자 심리치료사인 분을 인터뷰했을 때 그런 말을 들은 적이 있다.

"사람은 가장 먼저 자기 자신을 의심하고, 자기 자신을 해쳐요. 특히 원인이 불분명하거나 너무 거대해서 변하지 않을 것 같은 상황에 맞닥뜨릴 때 더더욱 그렇죠."

돌아보면 그때 내가 딱 그런 상황이었다.

그게 벌써 4년 전의 일이다. 인간이란 참 단순해서, 얼마 전까지만 해도 내가 그런 시간을 통과했었다는 걸 까맣게 잊고 있었다. 그 시절은 마음속 수많은 방 사이에 불 꺼진 몇몇 방 중 하나로 남아서, 캄캄한 채로 오직 그 자리에 버티고만 있었으니까. 어느 가을날 친구가 그 방에 불을 탁, 켤 줄은 정말 몰랐다.

친구는 작년부터 한쪽 귀가 들리지 않기 시작했다. 내 주변의 그 누구보다 건강한 사람이기 때문에 처음 그 말을 들었을 때 깜짝 놀랐다. 친구는 웃으면서 별일 아닐 거라고, 금방 나아질 거라고 말했다. 그 웃음에 나도 금세 놀란 마음을 진정시킬 수 있었다. 하지만 몇 달이 지나도 친구는 나아지지 않았고, 언젠가부터 괜찮아졌느냐 묻지 않게 되었다. 내 질문이 친구에게 덮어두고 싶은 불안을 들추는 일일 수도 있으니까. 그렇게 1년이 훌쩍 지난 어느 날, 카페에 앉아 이런저런 얘기를 하다가 오랜만에 그 얘기를 자세히 들을 수 있었다.

"한쪽 귀는 좀 어때? 좀 나아졌어?"

내가 묻자 친구는 옅게 웃으며 대답했다.

"처음 안 들리기 시작했던 날부터 쭉 같은 상태야. 여기저기 병원도 가보고 약도 먹어봤는데, 별 차도가 없네."

그간 아무 말 없어서 많이 나아진 줄 알았는데, 생각지도 못한 답변에 말문이 막혔다. 그런데 친구는 시원시원하게 말을 이어갔다.

"들어봐, 아론아. 우리 몸에 구멍이 여러 개 있잖아. 귓구멍, 콧구멍, 눈도 입도 다 구멍이고 말야. 근데 내가 사람도 많이 만나고 가르치는 일을 하면서 이 구멍들로 에너지가 다 새어 나갔던 거 같아. (친구는 운동을 가르치는 일을 한다.) 아무래도 내가 사람들한테 신경을 많이 쓸 수밖에 없잖아? 그러다 보니 내 안에 담아둘 에너지도 없이 밖으로 막 새어 나간 거지. 그래서 내 몸이 귓구멍 하나를 잠시 막아둔 건가 봐. 나 살라고. 나 살리려고."

그 말을 듣다 보니 친구 손을 덥석 잡고 감탄할 수밖에 없었다.

"어떻게 그런 생각을 했어. 너 정말 대단하다."

뜬금없이 구멍 얘기를 하길래, 눈이 한쪽 안보이거나 말을 못 하는 것보다 낫다고 말하려나 했다. 그런 말이었다면 다른 불행과 자기 자신의 불행을 비교해서 얻어낸 억지 긍정이 됐을지도 모른다. 하지만 친구는 달랐다. 마음 때문에 아프게 된 몸을, 마음으로 한 번 더 헤아리고 이해한 것이다.

그런 친구와 대화를 하면서 캄캄했던 내 지난 한 시절에도 빛이 들어오는 걸 느꼈다. 그때의 나도 친구처럼, 내 몸에 좀 더 다정할 수 있었으면 좋았을 텐데. 이해해보려고 하지도 않고 화만 내서 미안해. 스스로에게 뒤늦은 사과를 하고 다짐도 덧붙였다. 아직 서툴겠지만, 앞으로는 더 애써볼게. 내 몸과 내 마음이 서로를 잘 보듬으며 살아갈 수 있도록.

스트레스는
생각보다
힘이 세다

회사를 그만두기 전까지, 나는 내가 술 없이는 못 사는 사람인 줄 알았다. 퇴근 후 좋아하는 회 한 접시에 곁들이는 사케, 친구들과 고기를 구우며 마시는 소주, 분위기 좋은 곳에서의 칵테일…, 그 모든 것을 너무너무 사랑했다. 참, 야근을 끝내고 지친 몸으로 집에 들어가서 홀로 캔맥주를 딸 때의 그 청량한 소리도 빼놓을 순 없겠지.

9년이나 다녔던 회사에서 '드디어' 퇴사했을 때, '이제 다음 날 출근 걱정 없이 마음껏 술을 마실 수 있겠구나' 하며 신나했던 것도 그런 이유였다. 대학을 졸업하기도 전에 일을 시작했던 터라 단 한 번도 자유인의 신분(?)으로 음주를 즐겨본 적이 없었다. 내 주변에는 뮤지션이나 포토그래퍼 등 프리랜서 생활을 하는 사람이 많아서, 평일 밤 술자리가 한창 달아오를 때 혼자 머쓱하게 자리를 떠야 할 때가 많았다. 알게 모르게 동경해온 그 망나니(!) 라이프를 드디어 즐길 수 있으리라 생각하니 히죽히죽 웃음이 났다. 내일 마감이 있는지 전체 회의가 있는지 중요한 업무가 있는지 따져보고 고민할 필요도 없는 자유인의 음주라니!

퇴사 후 2주간은 정말 신나게 술을 마셨다. 시간 걱정 주량 걱정 없이 쭉쭉 마셨다. 그런데 시간이 지날수록 뭐랄까, 좀 지겹다는 생각이 들었다. 아니, 술이 지겹다고? 어떻게 그럴 수 있지? 단 한 번도 해본 적 없는 생각이었다. 나는 술을 아주아주 많이 좋아하는 줄 알았는데, 이게 웬일이지? 이런 고민(?)을 털어놓자 (친구이자) 동생인 A가 자신의 입사 시절 추억을 이야기해주었다.

A는 입사하자마자 '나쁜 팀장' 때문에 1년간 고생했다. A의 팀장은 권력을 행사하는 걸 좋아하는 스타일이라, 매년 새로 들어온 신입사원을 쥐 잡듯 잡았다고 한다. 일은 혼나면서 배워야 한다고 믿는 리더 아래에서 A가 할 수 있는 일은 버티는 것뿐이었다. 다른 선배들도 일을 도와주면서 "다음 신입사원이 들어오면 나아질 거"라며 위로 아닌 위로를 했단다.

퇴근길에 그날 있었던 일, 자기 잘못이 아닌데도 팀장으로부터 들어야 했던 비난의 말이 떠올라 울면서 전철을 타던 나날. 그 속상한 기억을 조금이라도 흐리게 하기 위해, 잠을 좀 더 푹 자기 위해, 그렇게 버티기 위해 A는 술을 마시기 시작했단다. 우리 앞에 놓인 술잔을 흔들면서 A가 말했다.

"그러니까, 이거 없었으면 지금까지 회사 못 다녔을걸요. 사실 언니도 그랬던 거 아닐까요?"

환경이 바뀌면 이제까지 확실하다고 믿었던 나의 어떤 부분도 바뀔 수 있다는 걸 깨달았다. 퇴근 시간이 가까워지면 어김없이 술이 당기던 스스로를 보며 혹시 알코올 중독이 아닐까, 이러다 평생 술에서 벗어나지 못하는 건 아닐까 걱정했는데 이렇게 쉽게 해결되다니! 그토록 좋아하던 술을 마시는 것보다는 사뒀던 책을 읽고 싶고, 밤의 한강을 걷고 싶고, 지저분한 방을 정리하고 싶었다. 스트레스로 몸과 마음이 지치지 않은, 신선한 상태의 나는 술 없이 못 사는 사람이 아니었다.

그러고 보니 나보다 3개월 먼저 퇴사한 후배 S는 최근에 "몇 년째 안 읽히던 책이 다시 읽히기 시작한다"는 말을 했다. 나는 의외라며, 그녀가 책 읽는 걸 안 좋아하는 줄 알았다고 했다. 내 말을 듣고 "선배, 저 국문학 전공했어요"라며 눈을 동그랗게 뜨는 후배 얼굴을 봤을 때의 당황스러움이란….

"엥? 내가 소설 얘기할 때마다 책 읽은 게 언젠지 기억도 안 난다고 손사래를 치길래 난 네가 책 읽는 걸 싫어하는 줄 알았어."

그렇게 말했더니 S는 웃었다.

"그때는 회사 일로 매일매일 머릿속이 복잡해서 종잇

장 위에 쓰인 문장이 눈에 하나도 안 들어오더라고요. 따뜻한 수필을 읽으면 '이까짓 게 뭔데' 하는 못된 마음만 들었어요. 소설을 읽을라치면 '나랑 상관없는 얘기 아닌가' 싶어서 책을 닫게 됐고요. 이제 취향이 변했나 보다 했지, 나도."

그날 우리는 스무 살 초반에 습작했던 시와 소설에 대한 이야기를 나누었다. 마치 부끄러운 졸업사진 들추듯 그 시절을 복기하며 한참 박장대소를 했다. 돌아오는 길에는 그런 생각이 들었다. 대체 스트레스라는 게 우리를 얼마나 많이 바꿔왔던 걸까?

나와 비슷한 변화는 꼭 퇴사해야만 겪을 수 있는 건 아니다. 원래 하던 일과 전혀 다른 업무의 부서로 갑작스레 이동하게 된 친구 J도 비슷한 경험을 했었다.

원하지 않는 부서로 이동한 J는 한동안 주말만 되면 잠을 몰아서 자느라 약속을 잡을 수 없었다. '잘 모르는 일에 집중하느라 에너지를 너무 써서 그런가?' 열 달 넘게 그런 생활이 반복됐는데도 그렇게만 짐작했다고 한다. 그

리고 1년이 채 되지 않아 원래 업무로 복귀하자 놀랍게도 주말성 기면증(?)이 사라졌다. 주말을 되찾았고 다시 친구들을 만나고 취미 생활을 시작했다. 모든 게 제자리로 돌아오고 나서야 J는 깨달았다. 그토록 쏟아지던 잠은 현실 도피였다는 것을. 회사의 방식이 자신을 무시하는 것 같아서, 업무능력을 하향 평가받은 것 같아서 억울하고 화가 나지만, 어떻게든 버텨야 하니 선택한 나름의 적응법이었던 것이다.

우리의 몸과 마음은 우리보다 더 똑똑해서, 가끔은 스스로 깨닫지도 못하는 사이에 살아남기 위해 변화를 취하곤 한다. 그것도 모르고 우리는 '어쩌다 내가 이렇게 돼버렸지?'라며 자책하기도 하고, 나이 탓을 하기도 한다. "시간이 지나면 다 이렇게 되더라" 하는 식으로 타인에게 조언 아닌 조언을 하기도 한다. 그 변화는 실제 모습 위에 덧씌워진 일종의 보호색 같은 건데 말이다.

앞으로 나는 또 어떤 변화를 맞이하게 될까? 그게 어떤 모습이라도 더 이상 '어쩔 수 없다'는 식으로 못 본 척하는 게 아니라, 무엇을 위한 변화인지 찬찬히 검문하고 내 안에 들여보낼 예정이다. 거기엔 분명 나보다 똑똑한 내 몸과 마음이 보내는 신호가 섞여 있을 테니까.

사이다보다는
유자차가
될래

 에디터 시절부터 '저런 건 누가 만들었을까?' 하며 부러워한 콘텐츠 스타일이 있다. 올드한 말로는 '촌철살인', 요즘 말(?)로는 '병맛'이나 '핵사이다' 스타일의 콘텐츠라고 할 수 있겠다. 그런 글이나 콘텐츠는 즉각적으로 반응이 온다. '좋아요'나 '하트'를 많이 받고, 조회수가 빠르게 늘어난다. 여기저기로 사람들이 퍼 나르면서 더 많은 곳으로 전파된다.

 예를 들어, '팩트 폭력'이라는 말은 유행한 지 얼마 안 되었지만 벌써 관용어처럼 쓰인다. TV 프로그램 자막에서도, 기사 제목에서도 종종 마주친다. '팩폭'이라는 줄임말 또한 쉽게 통용되는 걸 보면 사람들이 어떤 걸 재미있어하는지 알 것 같다. 팩트 폭력이라는 표현은 '(팩트가) 뼈 때린다' 혹은 '(팩트에) 뼈 맞았다'는 표현으로 발전됐고, 최근에는 '(팩트에 뼈를 맞아서) 순살 됐다'를 넘어 '2천 원 비싸졌다'는 표현으로까지 나아갔다. (뼈 있는 치킨보다 순살 치킨이 2천 원 비싸다는 사실에서 비롯되었다고 한다.) 이 표현이 그만큼 빠르게 소비되고 확장되고 있음을 보여주는 것이다.

그래서 부러웠다. 내 주변엔 유쾌하고 재치 있는 글을 쓰는 에디터들, 병맛과 팩트 폭력을 재료 삼아 사람들의 반응을 폭발적으로 일으킬 줄 아는 에디터들이 많았으니까. 그에 비해 내 글은 좋게 보면 따뜻하지만, 나쁘게 보면 뭔가 미적지근하고 흔한 스타일인 것만 같았다.

주변의 에디터들을 벤치마킹하며 이런저런 시도를 해본 적도 있다. 하지만 글은 쓰는 사람을 닮아 있기 마련이라 내 안에 그런 재치나 병맛이 없다는 걸 거듭 확인할

뿌이었다.

　그런 나의 성격이 글 쓸 때만 아쉬운 건 아니었다. 사람들이 많은 자리에 있을 때, 좌중을 사로잡는 '꿀잼' 멘트를 팍팍 날리고 싶었다. 여럿이 모인 술자리에서 모두를 빵 터지게 하는 입담을 보여주고 싶었다. 하지만 쉽지 않았다. 과감하게 말을 던져놓고도 그 말이 누군가의 기분을 상하게 했으면 어떻게 하나, 혼자 전전긍긍했기 때문이다. '노잼'이어도 좋으니 진지한 얘기를 늘어놓고, 뻔하다고 해도 괜찮으니 다정하고 둥근 말을 주고받는 게 더 편했다. 어쩔 수 없지. 나는 재치나 재미가 부족한, 노잼 쫄보인가 봐.

　그런데 최근 나와 비슷한 결의 사람들이 내는 목소리를 들으면서 생각을 바꾸고 있다. 얼마 전에 본 예능 프로그램 〈집사부일체〉에 개그우먼 장도연 씨가 출연했다. 그녀는 5~6년째 신문을 정기구독하고 있는데, 이유인즉슨 "개그를 하다 보면 내 무지로 인해 상처받는 사람이 생길 수 있다"는 거였다. 그녀의 목표는 "누구에게도 상처주지 않는 개그"였다. 〈굿걸〉이라는 음악 프로그램에 출연한 래퍼 슬릭 씨도 비슷한 말을 했다. 그 프로그램은 일종의 경연대회 형식이었는데, 단독 인터뷰 장면에서 "슬릭이 하고 싶은 음악은?"이라는 질문에 "아무도 해치지 않는 음악을 만들고 싶은 것 같아요"라고 답했다.

그걸 보며 깨달았다. '아, 내 마음이 저거였구나. 아무도 상처주지 않고, 아무도 해치고 싶지 않았던 거였구나. 나는 왜 스스로를 '노잼'이라고 단정했을까. 단지 사이다가 아니라 유자차가 되고 싶은 사람일 뿐인 건데. 속이 뻥 뚫리는 시원한 말 좀 못하면 어때. 조금 촌스러워도 달콤쌉싸름하고 따끈따끈한 말을 할 줄 알잖아.'

갖지 못한 능력을 부러워하느라 내가 가진 장점도, 스스로가 어떤 사람인지도 잊어버리고 있었던 거다. 그래서 요즘엔 나만이 추구할 수 있는 재미와 재치는 무엇일지 자주 고심한다. 최근에 읽은 김하나 작가의 책 《말하기를 말하기》에서 이런 문장을 봤다.

팟캐스트를 하면서 내가 가장 기쁘게 생각하는 칭

찬은 '무해하게 재미있다'는 말이다. 남을 공격하거나 비하하는 농담을 하지 않으면서도 재미있다는 뜻이다.⚙

유자차에게는 유자차만의 농담과 재미가 있을 것이다. 아직 연마(?)되지 않은 나는 그것이 어떤 것인지 정확히 모르겠지만, 조금씩 찾아가다 보면 알 수 있겠지. 언젠가 나도 '무해하게 재미있다'는 말을 듣고 싶다. 그 말을 들으면 너무 좋아서 눈물이 찔끔 날 것 같다. 하지만 그 말을 듣지 못하더라도, 혹여 '무해하지만 재미없다'는 말을 듣더라도, 그대로도 좋을 수 있는 인간이고 싶다. 사이다처럼 되려다 이 맛도 저 맛도 아닌, '유해하고 재미없는' 유자차가 될 뻔했던 나날은 이제 끝났으니까.

⚙ 《말하기를 말하기》192쪽, 콜라주, 2020

절대로 자신을
평가절하하지
말 것

어젯밤 꿈에서 나는 초등학생이었다. 깨고 나니 기분
이 얼떨떨했다. 무려 20년이 넘는 세월을 거슬러 갔다가
다시 돌아온 것이다. 나는 교복을 입는 초등학교를 다녔
는데, 꿈속에서는 하복을 입고 있었다. 교복이 어떻게 생
겼는지 까맣게 잊고 살아도 무의식은 모든 걸 기억하고
있나 보다. 꿈속의 어린 나 또한 그 시절과 똑같은 모습이
었다. 불안하고 사랑받고 싶어 하는 게 한눈에 보였다.

초등학교 3~4학년 무렵, 나는 거짓말을 자주 했던 것

같다. 큰 거짓말은 아니었다. 엄마의 직업을 바꾼다거나 내 수학 점수를 올린다거나 하는 식의 실용적인(?) 거짓 말도 아니었다. 정말 사소한, 해도 그만 안 해도 그만인, 아무 효용도 없는 거짓말들을 했다. 예를 들어 등굣길에 보지도 않은 꽃에 대해서 "엄청 예쁜 꽃을 봤다"라고 말하거나, 먹어본 적 없는 음식을 먹어봤다고 하거나, 본 적 없는 성인영화를 봤다고 하는 식이었다.

사실 누구도 그다지 귀 기울여 듣지 않았고, 기억도 하지 않는 거짓말이었다. 하지만 그게 '거짓'이라는 걸 아는 사람이 있는 자리는 달랐다. 여느 때처럼 별생각 없이 헛소리를 하고 있는데, 친구와 눈이 마주쳤다. 커피를 마실 줄 안다고 했던가, 술을 마셔본 적이 있다고 했던가. 어쨌거나 먹는 것에 대한 이야기였는데 그 친구는 그게 거짓 말이라는 걸 알고 있었다. 나는 당황해서 말을 버벅거렸 다. 그때 그 친구의 눈빛은 뭐랄까, 불쌍해하는 건지 어이 없어하는 건지 분간하기 어려웠는데, 오래도록 잊히지 않 았다.

그러고 나서 잦아든 거짓말은 고등학생 때 PC 채팅을

하면서 다시 시작되었다. 얼굴도 이름도 모르고 닉네임으로만 소통하는 상대에게 거짓말하기는 쉬웠으니까. 그때의 거짓말은 그야말로 나를 부풀리기 위한 것들이었다. 집이 얼마나 큰지, 부모님이 얼마나 굉장한 일을 하고 계신지, 내가 얼마나 똑똑한지(?)에 대해 마구잡이로 거짓말을 했다. 내게 없는 것을 마치 내 손 안에 늘 있었던 것처럼 말하는 게 얼마나 사람을 공허하게 만드는지 그 시절에 많이 실감했다. 온라인 친구들을 오프라인에서 만나는 일을 몇 번 거치면서, 기억나지도 않는 거짓말에 발목이 묶이는 경험을 하기도 했다.

그렇게 10대를 지나 20대가 되면서 나는 거짓말을 무서워하는 사람이 되었다. '지금 내가 하는 말이 거짓인가 아닌가. 100퍼센트 진실이라고 할 수 있나?' 나 자신을 자꾸 검열했다. 직장 생활을 하면서부터 그 검열이 조금씩 더 심해졌다. 뭔가 성취하거나 인정받으면 '이게 정말로 거짓이 아닌가?' 의심했다. 에디터로서 '주간 마감을 끝냈다'거나 '평균 조회수보다 높은 글을 썼다'는 사실에

기반한 성과 앞에서도 나 자신에게 이렇게 말했다. '다른 에디터들도 다 하는 일이야. 우쭐할 일 아니야.'

하지만 회사 일이란 연차가 올라갈수록 '내가 잘한 일'에 대해서 얼마나 잘 정리하여 전시하는가가 중요한 법이다. 자기 자랑을 세련되게 하는 일도, 자신감을 셀프로 충전하는 일도 능력이다. 그걸 몰랐던 나는 그런 능력을 갖춘 사람을 보면 마음속으로 몰래 '뻔뻔한 거짓말쟁이'라고 생각했다. 화려한 꼬리를 활짝 펼쳐대며 으스대는 게 꼭 공작새 같아 보였다.

물론 과하면 독이 되는 것이 분명하지만, 사실 일을 잘하는 사람에겐 자신이 해낸 성과가 좋은 평가로 이어질 수 있도록 적절히 자신을 전시할 줄 아는 능력이 있었다. 그리고 그 능력을 갖추기 위해선 '자신을 평가절하하지 않는 자세'가 필요했다.

아쉽게도 나는 변하지 않은 채로 9년여의 직장 생활을 마치고 퇴사를 했다. 다른 회사에 들어가고 싶은 마음은 없으니 '내 일'을 벌이기 시작했다. 스스로가 대표이자 직원이자 비서이자 경리인 1인 회사도 세웠다.

'더는 같은 회사 안에서 다른 사람들에게 인정받아야 할 필요가 없다. 내 일만 잘하면 된다!' 그런 마음으로 0부터 100까지 모든 것을 혼자 해나갔다. 재미있었지만, 분명 쉽지 않은 일이었다. 지치려 할 때마다 나를 북돋아줄 자신감이 필요했다. 그런데 나는 타인에게 자랑할 줄 모르는 것만큼, 내가 해낸 일을 나 자신에게도 자랑할 줄 모르는 사람이었다.

예를 들어, 내가 사탕을 만들었다고 치자. 사탕을 만들면서 생각한다. '열 개만 팔리면 좋겠다. 열 개면 재료비도 나오고, 적어도 실패했다고 볼 순 없을 거야.' 그런데 놀랍게도 사람들이 열 개, 스무 개, 쉰 개를 사 간다. 그러면 생각한다. '잘했어. 하지만 내일도 이만큼 해내야 진짜 잘한 게 아닐까? 아직 자만할 때가 아냐.' 주변 사람들이 "요즘 사탕 잘 팔린다며! 축하해!"라며 칭찬하고 인정해 줘도 "이제 시작일 뿐이지. 이번엔 운이 좋았던 거 같아" 하고 희미하게 웃는다. (생각해보니 진심으로 격려해준 사람들에게 조금 미안하네. 흑.)

'뻔뻔한 거짓말쟁이'나 화려한 꼬리를 펼쳐 으스대는 공작새가 되고 싶지 않았다. 하지만 그 생각이 오히려 나를 옭아매고 자기검열을 강화해왔다는 걸 몰랐다. 작은 성취라 할지라도 내가 이룬 것을 인정하기보다는 '혹시 10대 때의 나처럼 스스로를 부풀리고 있는 건 아닐까?' 의심했던 것이다. 이게 문제라는 것을 어느 날 《개떡 같은 기분에서 벗어나는 법》이라는 책에서 '사기꾼 콤플렉스'라는 개념을 만난 후 깨달았다.

사기꾼 콤플렉스는 지속적으로 자신의 지성이나 기술, 역량 따위가 부족하다는 생각에 시달리는 현상이다. 사기꾼 콤플렉스를 겪는 사람들은 뭔가 성취한 후 칭찬과 인정을 받으면 자신은 그럴 자격이 없고 어디까지나 운이나 연줄 같은 외부적 요인 덕분에 일이 잘됐을 뿐이라고 여긴다. 성공을 온전히 자신의 것으로 받아들이지 못하기 때문에 이들은 과연 앞으로도 계속 성공할 수 있을까 하는 의구심을 떨쳐내지 못한다. 그래서 성공을 할 때마다 기

쁨이 아닌 안도감을 느낀다.◇

　자기검열과 거짓말에 대한 두려움으로 성취를 축소
하고 성공을 받아들이지 못하는 일이 내게만 일어나는
건 아니라는 게 다행이었다. 이 콤플렉스를 진즉 깨닫
고 좀 더 자기 자랑과 성과의 전시를 잘하는 사람이 되
었다면 회사 생활이 한결 쉬웠을까? 다만 확실한 것은,
1인 회사를 꾸려가는 데 있어서는 나 자신을 인정하고
성공을 매번 셀프 축하하는 것이 중요하다는 사실이다.
　스스로에게 '잘했어'라는 말을 하는 게 익숙지 않아서
엄마나 동생, 남편이나 친구처럼 가까운 사람들에게 다짜
고짜 메시지를 보낼 때도 있다. "나 요즘 잘한 일이 뭐가
있지?" 그리고 그들이 해주는 답을 들으면서 '맞아. 저건
내가 잘한 일이야!' 하며 나 자신을 인정해주려 노력한다.
(물론 여전히 '그게 잘한 건가? 그 정도로 잘했다고 할 수 있나?'
의심할 때도 있다.)
　그리고 축하할 일이 생기면 작게나마 친구나 가족을
모아, 나를 위한 이벤트를 마련한다. 좋아하는 사람들을

한자리에 모으는 일이 좋아서라도 뭔가 축하할 일이 생기지 않았나 열심히 찾게 되는 긍정적인 효과가 있달까. 진심과 애정이 담긴 목소리로 "축하해!"라고 말해주는 사람들이 있어 행복감도 생긴다. 늦었지만 이제는 조금 알 것 같다. 스스로를 부풀리는 것도 거짓말이지만, 자기 자신을 숨기고 과소평가하는 것도 나에 대한 거짓말이란 것을.

❀ 《개떡 같은 기분에서 벗어나는 법》 135-136쪽, 글담, 2019

내 행복은
내가 챙겨야지

'미래의 나'에게
보내는
다정한 선물

내게는 무언가에 지쳐 있을 때 가장 안전하게 도망칠 수 있는 곳이 있다. 바로 엄마 집이다. 태어난 곳은 아니지만 일곱 살 무렵 이사한 후, 기억할 수 있는 대부분의 날들을 보낸 인천의 어느 작은 동네. 이제는 아빠가 돌아가셔서 엄마 혼자 살고 있는 그곳의 이름은 언젠가부터 '엄마 집'이 되었다.

"벌써 몇 주째 엄마 집에 못 갔네. 아, 엄마 집 가고 싶다."

그렇게 말하다 보면 그 단어는 '엄마의 집'이라기보다는 '엄마＝집'이라는 의미로 들린다. 언제든 내가 돌아가고 싶은 두 단어를 합쳐둔, 세상에서 제일 그리운 말.

사람 사이에서 상처를 받았거나 무엇 하나 내 뜻대로 되지 않는 것 같아 무기력해질 때, 나는 엄마 집을 찾는다. 나와 내 가족의 모든 것이 고스란히 묻어 있는 그 공간 안에서, 엄마가 해주는 밥을 먹고 까무룩 잠이 들었다가 깨서 또 엄마가 준비해둔 간식을 먹는다. 집에서는 켜지도 않는 TV를 종일 틀어놓고 가만히 누워 있으면 어느새 엄마가 곁에 와서 머리를 쓰다듬는다. 그러면 스르륵 졸음이 밀려오고, 그런 단순한 일상 속에서 어느새 마음이 말랑말랑 따뜻해지는 것이다.

그날도 그런 날 중 하나였다. 엄마와 늘어지는 주말 오후를 보내며 함께 볼 영화를 골랐다. 우리가 선택한 건 〈리틀 포레스트〉. 20대를 맞이해 시골에서 서울로 홀로 상경한 혜원(김태리)이 취업도 연애도 마음대로 되지 않는 고단한 삶에 지쳐서, 엄마도 떠나고 없는 시골의 고향집에 조용히 돌아오는 것으로 영화는 시작된다. 오랫동안 방치된 집이지만 구들장에 불을 때고 부엌의 먼지를 털어내면서 사람의 손길이 닿기 시작한 공간에는 온기가 돈다.

'그래, 집은 저래서 집이지.' 그리고 이어지는 이야기는 특별한 사건이나 반전 없이, 묵묵히 지속되는 혜원의 일상을 비춘다. 그 중심에는 직접 키운 작물로 손수 만드는 단정한 음식이 있다. 배추전, 밤 조림, 감자빵….

하지만 가장 기억에 남는 것은 화면의 아름다움도 영화의 내용도 아니었다. 어떤 장면에서 내뱉은 우리 엄마의 말이었다.

고향 집에 도착한 다음 날, 혜원은 곳곳에 쌓인 눈을 치우기 위해 나선다. 그 전에 찬장에 남겨진 밀가루에 물을 붓고 반죽을 한다. 수제비를 만들려는 것이다.

"날이 추우면 수제비가 먹고 싶어진다. 반죽을 해서 두 시간 정도 재워놔야 하기 때문에, 눈을 치울 때 딱 알맞다."

동그란 수제비 반죽에 면 보자기를 덮어 재워둔 후, 비장한 표정으로 눈을 치우기 시작하는 혜원. 춥고, 힘에 부치고, 해도 해도 끝이 없는 눈 치우기를 마치고 빨개진 코를 한 혜원은 집에 돌아오자마자 빨간 국물에 수제비를 끓인다. "몸이 꽁꽁 얼었을 때 수제비를 한 입 먹으면" 하고 후루룩후루룩 먹어 치우는 혜원의 얼굴에 웃음기가 돈다.

그 장면을 보며 엄마는 "저거 참 좋지" 했다. 추운 날에 수제비를 먹는 게 좋다는 말인 줄 알고 "우리도 수제비 해 먹을까?" 했는데 돌아온 답은 엉뚱했다.

"아니, 그거 말고. 저렇게 힘든 일 뒤에 뭔가를 준비해 두는 거 말이야. 내가 기분 좋아질 수 있는 걸로."

아…. 그제야 생각나는 것이 있었다. 아빠와 많은 대화를 했던 엄마는, 아빠가 돌아가신 이후부터 자기 자신의 마음 문제를 스스로 해결해야 했다. 열심히 일을 하고 퇴근한 후에도 엄마에게는 너무 많은 시간이 남았다.

그러자 엄마는 이제까지 배우고 싶었던 것들을 배우기 시작했다. 첫 번째는 합창이었다. 박치에 음치라고 가족에게 놀림받았지만 매주 합창 연습에 빠지지 않고 참석한 엄마의 실력은 놀라울 정도로 빠르게 향상되었다. 아침에 일어나보면 엄마가 혼자 반주곡을 틀어놓고 연습한 합창 녹음 파일이 가족 단톡방에 올라와 있곤 했다. 일에서 오는 스트레스 때문에 답답했던 날에도 합창을 하고 오면 환기가 되어 머릿속이 한결 가벼워진다고 했다. 퇴근 후에 즐거움을 찾을 수 있는 시간을 준비해둔 것이다.

그다음은 사진이었다. 두 딸이 번갈아가면서 엄마의 주말을 챙기려고 노력하고 있지만, 그래도 완벽할 순 없었다. 엄마는 말했다.

"혼자 주말을 보내고 나면 이틀 내내 입 밖으로 아무 말도 꺼내지 않을 때도 생기곤 해."

그러더니 어느 날 근처에 있는 대학교 평생교육원에서 사진 수업을 듣기 시작했다. 어떤 주말에는 출사를 가느라 우리와의 약속을 미루기도 했다. 힘들게 보낸 평일 뒤에 즐거움을, 두 딸에게 좌지우지되는 즐거움이 아니라 '스스로 가질 수 있는 즐거움'을 찾아낸 것이다.

함께 영화를 보고 몇 주 후, 엄마는 혼자 병원에 다녀왔다. 무릎 연골이 걱정되어 주사를 맞고 왔다고 했다. 그

주사를 맞고 온 날이면 엄마의 무릎은 퉁퉁 부어서 통증도 심하고 움직이기도 힘들다는 것을, 나도 동생도 일전의 경험으로 알고 있었다. 걱정하는 우리의 메시지가 카톡 창으로 후두둑 쏟아지자 엄마가 답했다.

"오늘 그리고 지금 난 내가 맘에 들어. 후후. 무릎은 구부릴 수 없을 정도로 퉁퉁 부어 있는데도 말이야. 나가기 전에 커피 기계에 물도 채워두고 알커피(엄마는 항상 커피 캡슐을 알커피라고 부른다)도 높이를 맞춰두었지. 다론이가 사준 수제 초콜릿도 꺼내놓고 꽃이 핀 화분도 침대 가까이 두었어. 내 행복은 내가 챙겨야지."

커피, 초콜릿, 꽃…. 좋아하는 것들을 병원 가기 전에 미리 준비해뒀을 엄마의 모습을 생각하니 어쩔 수 없이 눈물이 났다. 평소와 다르게 메시지가 장문이라는 것도 엄마가 스스로를 열심히 토닥토닥하고 있다는 반증이기도 했다.

울먹울먹하면서도 '나는 언제 엄마처럼 될 수 있을까, 그런 날이 올까?' 하는 생각이 들었다. 살다 보면 힘들고 지치는 순간을 마주하기 마련이다. 그럴 때 '미래의 나'를 위해 지금의 내가 작은 즐거움을 준비해둘 수 있다면, 그렇게 스스로에게 다정한 사람이 될 수 있다면 다가오는 캄캄한 날들이 조금은 덜 무섭게 느껴질 것 같다. 아직은 서툴지만 오늘부터 연습해봐야겠다. 내가 나에게, 토닥토닥하는 마음의 손길을 보내는 법을.

내가 어때서?
나 정도면
괜찮잖아!

"잘했어. 잘 먹어야 기분 좋고 행복해지는 거야. 배고프
면 다 소용없어. 내 딸이 꼭 필요한 일을 잘 챙기고 다니
는 것 같아서 좋다. 멋있네."

늦게까지 밀린 일을 하고 이제 겨우 저녁을 먹었다는
한탄에 엄마가 쏟아낸 칭찬이다. 밥 한 끼 먹었다는 얘길
가지고 멋있다는 말까지 하다니…. 엄마는 매사 이런 식
으로 칭찬을 남발한다. 딸들에게뿐만 아니라 자기 자신에
게도 마찬가지다. 우리의 대화는 이런 식이다.

엄마 　벌써 일주일째 달리기하러 나왔어. 나는 내
　　　가 이렇게 잘 뛰는지 몰랐다? 뛰는 게 기분
　　　좋더라. 다음 달에는 마라톤 대회도 나가보
　　　려고.

나 　　한 달 만에 마라톤 대회까지?

엄마 　오늘 아침에 매생잇국을 먹었는데, 그게 너무
　　　너무 맛있는 거야. 깜짝 놀랄 정도였다니까.

나 　　그거 엄마가 끓인 거잖아?

엄마 　몸살 걸릴 것 같아서 미리 스포츠 마사지 받
　　　으러 왔다. 엄마 잘했지?

나 　　그으럼. 잘했지….

　매일 통화할 때마다 듣는 엄마의 셀프 칭찬은 방식도
종류도 다양하다. 정말 작은 것에도 칭찬할 구석을 찾는
게 매번 신기하다. 사실, 고백하자면 엄마의 이런 자화자
찬을 나는 '극성'이라고 생각했다. 나에게 해주는 칭찬도

별로 믿지 않았다.

'엄마는 아무거나 다 잘했다고 하지, 흥. 그렇게 남발하는 칭찬이 무슨 의미가 있어?'

하지만 갑작스레 아빠가 돌아가신 이후로는 생각이 달라졌다. 장례를 치르고, 일주일간 휴가를 내 곁에 붙어 있던 두 딸이 서울로 올라간 후 엄마는 혼자 남았다. 아빠와 매일 얼굴을 맞대고 20년 넘게 살았던 그 집에서 엄마는 홀로 잠도 자고 밥도 먹고 출근도 해야 했다. 그때 엄마를 지켰던 건 내가 유난스럽다고 구박했던 '셀프 칭찬'이었다.

'잘하고 있어, 나는 잘하고 있어.'

그게 엄마의 힘이 됐다. 그제야 나는 믿게 됐다. 셀프 칭찬이란 의미 없는 좋은 말이나 과잉된 자신감이 아니라, 자신의 마음에 물을 주고 햇볕을 쬐어주는 일이라는 것을.

그렇다면 나도 셀프 칭찬을 해봐야지. 엄마를 보고 결심했지만 생각보다 쉽지 않았다. 노력할수록 내가 스스로를 칭찬하는 데 인색한 사람이란 걸 깨달았다. 'A를 끝냈다니, 잘했어, 대단해' 하고 칭찬하는 게 아니라 'A는 했는데 B는 왜 아직 안 했지?' 하고 다그치는 일이 더 많았다. C를 잘 해냈어도 D에서 실수를 하면 '다 망했다'고 생각했다. 이미 잘 해낸 C는 당연한 것처럼 여기고 잘하지 못한 일만 헤아리고 있었다.

"자화자찬도 노력을 하고 연습을 해야 한다니. 난 왜 이것도 못해?"

투덜거리는 내게 엄마가 말했다. 엄마도 처음부터 그랬던 건 아니라고. 어린 시절부터 할머니와 둘이 힘겹게 살아오는 동안 '잘될 거야', '잘하고 있어' 이 말을 매일매일 머릿속에 되새겨야 했었다고, 스스로에게 괜찮다고 말하지 않으면 버텨내기 힘들었던 날들이 있었다고 답했다.

그 말을 듣고 보니, 셀프 칭찬을 하겠다고 인터넷 검색을 하고 책을 사 모았던 내가 부끄러웠다. 칭찬 일기를 쓴다느니 나에게 보내는 격려 편지를 쓴다느니 설레발만 쳤다. '셀프 칭찬'이라는 과제를 잘 마치면 내가 단번에 긍정적인 사람이 될 것처럼 단정 짓고 있었다. 하지만 스스로를 칭찬하는 일은 자기 긍정으로 가는 고속열차 따위가 아니다. 오히려 가장 바닥에서 자기 자신을 딛고 일어서는 나직한 신음에 가까운 일이었다.

"힘내, 이번엔 잘 안 됐지만 다음엔 더 잘 할 수 있을 거야."

"누가 뭐래도 나는 네 편이야."

"괜찮아. 그냥 하고 싶은 대로 해."

누구나 친구에게 이런 응원의 말을 해본 기억은 있을 거다. 친구가 좀 더 힘을 냈으면, 기분이 좋아졌으면, 위로를 받았으면 하는 마음에서 말이다. 셀프 칭찬도 똑같다. 가장 내밀한 상처나 괴로움까지 속속들이 알고 있는 '나 자신'이라는 친구가 건네는 말은, 누구의 말보다 더 확실한 효과를 보일지도 모른다. 그걸 알지만 어색해서, 쑥스러워서, 영 입이 떨어지지 않는 나 같은 사람들에게 추천하는 셀프 칭찬 멘트가 있다.

"내가 어때서? 나 정도면 괜찮잖아?"

이게 무슨 칭찬이냐고 코웃음을 친다면 할 말은 없다.

하지만 거울 앞에서 저 말을 읊조리고 있는 내 모습을 보면 뭔가 웃겨서 입가가 씰룩씰룩한다. 장난기 섞인 단순한 말이지만, 그것만으로도 '나는 왜 이것밖에 안 돼'라는 자괴감이 '괜찮아. 그래도 이만큼은 하고 있잖아'라는 위안으로 변하는 게 느껴진다.

나 자신을 칭찬하는 데 익숙지 않은 사람들에게는 단지 이런 전환점이 필요한 걸지도 모른다. 생각을 달리하면 '물이 반밖에 없어'라는 불안감이 '괜찮아, 물이 반이나 남았잖아'라는 안도감으로 바뀌는 것처럼 말이다.

나이 들수록 칭찬과 응원, 위로가 필요한 순간은 많아진다. 그건 부모님이나 지인의 죽음처럼 커다란 일일 수도 있고, 늦어지는 취업처럼 사회적인 일일 수도 있으며, 인간관계나 재정 문제가 될 수도 있다. 그럴 때마다 우리는 크게 혹은 작게 무너질 것이다. 주변의 소중한 사람들이 우리를 지탱해준다면 다행이지만, 그러지 못하는 순간이나 그것만으로는 부족할 때도 분명 생길 것이다. 그때를 위해 여러분도 지금부터 차근차근 셀프 칭찬을 준비해두면 좋겠다. 웃으며 자신에게 말해보는 거나.

"나 정도면 괜찮잖아?"

"뭐, 이 정도면 괜찮지."

내 안의
아이를 다독이는
한마디

요즘 나는 혼자 일한다. 아침에 일어나는 시간도, 일을 시작하고 끝내는 시간도 내가 정한다. 일과 일 사이에 운동을 하기도 하고, 미팅을 하기도 하고, 친구를 만나기도 한다. 지켜야 할 그 어떤 룰도 없다. 모든 것은 내가 정하고, 그걸 따르는 사람 또한 오직 나뿐이다.

이렇게 써놓으니 마냥 좋은 얘기처럼 들린다. 하지만 자유의 무게는 엄청나다. 자유를 사용하는 것도, 자유를 책임지는 것도 오롯이 내 몫이다. 스물 중반에 입사해서 오랫동안 직장 생활을 했던 나에게 '알아서 일하기'는 정말 큰 숙제로 느껴졌다.

그 무렵 일기장에 가장 자주 적힌 문장 중 하나는 '나 자신을 잘 운용해야 한다'는 다짐이었다. 일하는 데 있어서만큼은 내가 나의 사장이자 직원이었다. 하지만 이놈의 말 안 듣는 직원(=나)은 영 신통치가 않았다. 어떤 날은 갑자기 아프고, 어떤 날은 가족이나 친구와 다퉈서 계속 딴생각만 하고, 어떤 날은 이유 없이 무기력하다며 침대에서 나오질 않고….

그럴 때마다 내가 도무지 마음에 안 들었다. '언제까지 마음의 문제를 가지고 않는 소리를 할 거야!' 내 안의 사장이 나타나서 마구 화를 냈다. 그러다 보면 스스로에 대한 분노에 휩싸여서 하루가 끝날 무렵에는 모든 것이 엉망이 되어버리는 경우도 많았다. 대책이 필요하다고 생각했다. 그런데 약속 시각보다 이르게 도착해서 심심풀이 삼아 둘러본 서점 에세이 코너에서, 전혀 생각지도 못한 힌트를 얻었다.

훈육에서 가장 중요한 게 아이에게 '나는 널 이해하고 있어. 너의 마음을 충분히 들어주고 어떤 행동을 하더라도 다 받아들일 수 있어'라는 제스처를 취하는 것이다. 아무리 말도 안 되는 떼를 쓰더라도 우선은 아이를 진정시키거나 아이 스스로 진정될 때까지 기다렸다가 무엇 때문인지 물어본다. 시하 나이대의 아이는 떼를 쓰는 과정에서 자기 감정에 매몰되기 때문에 무엇 때문에 화가 났는지 잊어버리곤 한다고 전문가들이 얘기한다.◇

봉태규 씨의 에세이 《우리 가족은 꽤나 진지합니다》의 한 단락이다. 아이의 '훈육'에 대해 이야기하는 글에서 힌트를 얻었다는 것이 약간 웃기긴 하다. 하지만 이 글을 읽으며 내 마음속의 아이를 발견했다. 앞서 칭했던 내 마음속 '말 안 듣는 직원'과 동일 인물로서 말이다.

내 마음속의 아이든 직원이든 똥강아지든, 누구나 사람의 내면에는 지시하는 존재가 있고 그걸 따르는 존재가 있다. 둘 사이의 갭이 적을수록, 내가 나의 지시를 찰

떡같이 잘 따를수록, 좀 더 완성도 있는 인간이 될 수 있을 것이다. (실제로 그런 완성도 있는 사람이 있을지 의문이긴 하다.) 그리고 나에게는 '어떻게 하면 내가 어른(사장) 역할을 더 잘할까'가 아니라 '어떻게 하면 내가 아이(직원)를 더 잘 다독이고 함께 살아갈 수 있을까'를 고민하는 게 더 맞는 거였다. 훈육을 이야기하는 봉태규 씨의 글에 퍼뜩 정신을 차리게 된 것도 그런 이유일 것이다.

힌트를 얻고 나서 지난 시간을 돌아보니, 나는 내게 나쁜 어른이고 못된 사장이었다. 어떤 상태인지 들어줄 생각은 안 하고 왜 그러냐고 혼만 냈기 때문이다. 내게 필요한 건 4음절로 이뤄진 단순한 문장, '그랬구나'였다.

"그랬구나. 내가 ○○해서 기분이 엉망이구나."
"그랬구나. ○○한 것 때문에 아무것도 할 수 없을 것 같은 상태구나. 그래, 그랬구나."

사실 '그랬구나'의 기술에 대해 여러 책에서 읽었던 기억이 난다. 대부분 심리학 책이었고, 다들 조금씩 변용한 방식이긴 했지만 원리는 같았다. 머릿속으로는 알면서도 그걸 실천하지 못한 것은 어쩐지 낯 뜨겁고 부끄럽기 때문이었다. 내가 나한테 사근사근하게 "그랬구나"라고 말하는 상상을 하면 웃기기도 하고 몸이 배배 꼬였다. 변명을 허용해주는 일은 아닐까 싶어 걱정도 됐다. '그렇게 할 말 안 할 말 다 들어주다가, 내가 나를 망치면 어떻게 하지?' 싶었다.

하지만 봉태규 씨가 아이에게 하는 것처럼 나 자신에게 "나는 날 이해할 수 있어. 나의 마음을 충분히 들어주고 어떤 행동을 하더라도 다 받아들일 수 있어"라고 알려주는 태도가 가장 중요한 게 아닐까. 인생과 혼자서 마주할 때 가장 필요한 것은 '나를 받아들이는 자세'다. 그 순간의 내가 얼마나 엉망이고 후지든, 나는 나를 받아들이고 내 상태가 어떤지를 인정해야 한다. 그래야만 거기서부터 다시 시작할 수 있기 때문이다.

갑자기 아주 뜨겁게 분노가 치밀거나, 혹은 땅끝까지 파고들 기세로 기분이 다운되거나, 손가락 하나 움직이기 힘들 정도로 무기력해질 때도 마찬가지다. '대체 왜 이래!?' 하고 화를 내봐야 해결되는 건 하나도 없다. 오히려 악화될 뿐이다. 그 상태를 인정하지 않고 애써 괜찮아지려 발버둥치는 것도 나아지는 데 도움이 될 순 없다. 그건 내가 나의 '보통 상태'를 100점에 두고, 그 점수에 못 미친다고 억지로 끌어올리려 하는 행위일 뿐이다.

자체적으로 실험한 결과 내가 나와 일을 더 잘하기 위한 기술, 더 나아가 내가 나와 더 잘 지내기 위한 '그랬구나'의 기술은 꽤 효과가 있었다. 마음이나 몸 상태가 변화하면, '그랬구나'의 기술로 다독이고 인정한다. 감정에 매몰돼버리지 않게 '그랬구나, 그랬구나'를 반복하면서 충분히 나 자신의 이야기를 들어준다. 그러고 나서 마음속 아이와 함께 그 상태에서 할 수 있는 게 뭐가 있나 찾아보고 그것을 한다. 그 이상은 바라지 않는다.

포인트는 재빠른 일정 수정과 계획 조율이다. 몸 상태, 마음 상태가 안 좋으면 건강할 때 세웠던 계획과 목표를 제대로 이룰 수 없는 게 당연하다. 자책해서 될 일이 아니다. 오후 시간으로, 내일로, 다음 주로, 일정을 재분배해줘야 한다. 그렇게 시간을 좀 주면 몸도 마음도 웬만해서는 나아진다. (쉽사리 나아질 일이 아니면 대대적 조정이 필요한데, 의외로 그런 일은 많지 않았다.)

그러고 나서 깨달았다. 여태 내가 나를 망치고 있었구나. 스스로를 몰아세워서 매번 벼랑까지 다녀왔구나. '그랬구나' 이 한마디면 될 것을···. 효과가 좋아 요즘에는 주변 사람들에게 '그랬구나'의 기술을 써보고 있다. 뭔가 심리상담사의 느낌이 나지 않을까 싶었지만, 결과는 그냥 그렇다. 아무래도 마음속의 아이를 타인에게 내보이기 쉽지 않은 탓이겠지. 아니면 애 같은 건 나뿐인 건가? 그러고 보니 봉태규 씨 아이인 시하 나이가 여섯 살인데, 30대 중반인 내 내면의 아이가 아무래도 나이를 너무 안 먹은 것 같기도···.

❀ 《우리 가족은 꽤나 진지합니다》 55쪽, 더퀘스트, 2019

재빠르게 나를
용서할 줄 아는
용기

오늘 아침 눈뜨자마자 급하게 핸드폰 화면을 들여다봤다. 헉! 어제 계획했던 것보다 한 시간 30분이나 지나 있었다. 아, 분명 첫 번째 알람은 들은 것 같은데. 왜 지금까지 잔 거지? 일어나자마자 원고를 쓰려고 했던 계획은 이미 어그러져버렸고, 점심 약속까지는 시간이 애매하게 남아 있었다. 하루의 시작을 이렇게 망쳐버린 나 자신에 대한 짜증이 이불 위로 스멀스멀 덮쳐온다.

'지난주에도 이런 식으로 오전을 버렸잖아. 왜 이렇게

같은 실수를 반복하는 거야. 며칠 전에는 제시간에 눈을 떠놓고, SNS를 들여다보느라 40분이나 시간을 버린 적도 있었지. 나 좀 심각한 거 아닌가?'

분노를 머금은 이불이 점점 무거워진다. 나는 자리를 박차고 일어나는 대신 그대로 누워서 스스로를 비난한다. 약속 시각이 코앞으로 다가와서 나갈 준비를 더 이상 미룰 수 없을 때까지.

사실 이럴 때 가장 필요한 건 용기, 바로 스스로를 재빠르게 용서하는 용기다. 사람은 누구나 실수 혹은 잘못을 한다는 걸, 다들 '머리로는' 안다. 하지만 자기 자신이 잘못이나 실수를 했을 때 '인간이니까 그럴 수 있다'고 너그러이 용서할 줄 아는 사람이 얼마나 될까? 하물며 그 잘못이 자꾸 반복된다면?

스스로에게 저주를 거는 멍청한 마법사가 되지 않으려면, 일단은 '그럴 수 있다'고 용서해줄 줄 알아야 한다. 나 또한 인간일 뿐이라고 인정할 줄 알아야 한다. 빨리 용서하고 인정할수록 그 실수를 '넘기는 일'도 빨리 이뤄질 수 있다. 그게 늦어지면 잘못한 일 자체가 아니라, 그것에 대해 화내고 있는 자기 자신의 감정에 묶이기 쉽다. 그때가 되면 무엇을 실수했는지는 중요하지 않아진다. 그저 자책을 거듭하며 남은 시간까지 죄다 망쳐버릴 뿐이다.

자주 있는 일은 아니지만, 남편과 내가 다툴 때 함께 지키는 철칙이 있다. 이전에 있었던 일을 다시 언급하며 싸우지 않을 것. (물론 어떤 것을 지키겠다는 약속을 어겨서 싸웠다면, 그 이야기는 나올 수 있겠다.)

"너는 ○○도 했잖아", "네가 지난번에 ○○했던 건 기억 안 나?" 하는 식으로 꼬리에 꼬리를 물고 싸움이 번지는 걸 조심하려는 것이다. 하지만 우습게도 나 자신을 자책할 때는 그 법칙이 잘 지켜지지 않는다. 원고 마감에 늦었다는 자책은 끝내지 못한 설거지와 집안일로, 몇 번 빼먹은 운동으로, 결국에는 나 자신의 성격과 성향에 대한 힐난으로 향한다.

타인이 나를 그런 식으로 몰아세운다면 "너무 하는 것 아니냐"며 반박했을 텐데…. 가족이나 소중한 사람들과 다툴 때는 화해하기 위해 대화로 풀어나가려 노력하면서,

왜 스스로에게는 그러기 어려울까?

실수나 잘못한 일이 있을 때마다 반복되는 자책과 셀프 분노를 깨달은 이후에는 무조건 '일단 용서 타임'을 가지려고 한다. 내가 저지른 일에 화가 너무 치밀어 오른다고 해도 지금은 일단 넘어가고, 이 사태를 해결한 후에 시간을 갖고 생각하기로(내 경우에는 일기를 쓰며 생각하기로) 하는 것이다. 그런데 놀랍게도 일기를 쓸 때쯤이 되면 그게 무슨 일이었는지 잘 기억나지 않는 경우가 대부분이다. 그냥 뒀다면 두세 시간은 사로잡혔을 기분인데, 이렇게 간단히 사라져버린다니!

얼마 전 디자이너 친구가 SNS에 다이어리 사진과 함께 이런 글을 올렸다.

"너무 한 게 없어 자책을 했던 한 주였는데 돌이켜보니 아예 아무것도 안 한 것도 아니고, 마음을 다독다독했던 일주일이었네. 역시 산도 오르고 나서 뒤돌아봐야 내가 얼마나 높이 올라온 줄 안다고 모든 일이 그렇지. 자책하기보다 나 자신을 응원하고 오늘 하루도 잘 마무리하기!"

회사를 다니면서 사이드 프로젝트도 두 개씩이나 하고

취미 생활도 다양하게 하는 데다, 늘상 웃는 얼굴에 워낙 에너지 넘치는 친구라 나와 비슷한 고민을 할 거라곤 생각도 못 했다. 오밀조밀 무언가 잔뜩 적혀 있는 그녀의 다이어리가 마치 빽빽한 내 일기장 같아 동질감이 느껴졌다. 조금씩 다르겠지만 누구나 비슷한 과정을 겪는구나 싶었다.

서툴고 조금은 엉망일 때도 있지만, 우리는 어떻게든 일어서는 방법을 배운다. 그러니 이런저런 실수와 잘못으로 넘어진 나 자신을 조금 더 쉽게 용서해줘도 괜찮지 않을까?

어쩌면 미움받을 용기보다 우리에게 더 필요한 건 자기 자신을 용서하는 용기가 아닐까 싶다. 스스로가 재빠르게 내민 손을 잡고 씩씩하게 툭툭 일어서야 내일을 맞이할 수 있을 테니.

만약에
내가
○○이라면

내가 좋아하는 영화는 대개 둘 중 하나다. 다양성 영화 아니면 히어로 영화. 주변에 다양성 영화를 좋아하는 친구들은 히어로 영화가 너무 상업적이라 싫다고 하고, 히어로 영화 마니아들은 다양성 영화가 이해하기 어려워서 별로라고 한다. 그 사이에서 나는 박쥐가 된 기분으로 조용히 앉아 있는다.

히어로 영화가 좋은 이유는 아주 명확하다. 영화 속 캐릭터가 나를 엄청나게 고무시키기 때문이다. '내가 이렇게 단순한 사람이었나?' 싶을 정도다. 영화를 본 다음 날부터 갑자기 아침 조깅을 시작한다거나 운동센터에 등록한다. (나는 운동을 대부분 이런 식으로 시작했다.) 건강에 좋은 음식을 만들어 먹겠다고 장을 잔뜩 본다거나 영양제를 과다 구입한다. 영화 속 주인공처럼 강해지고 싶으니까, 그 사람이 된 것처럼 행동하고 싶으니까.

최근 넷플릭스 서비스를 이용하고 난 이후로, 내가 인물 다큐멘터리를 보고도 굉장히 많은 영향을 받는다는 걸 깨달았다. 히어로 영화와 비슷한 효과다. 다만 인물에 따라 행동이 좀 달라진다. 갑자기 새벽부터 일어나 독서를 두 시간씩 한다거나, 옷방에 있던 옷을 싹 다 끄집어내서 카오스를 만든다거나 하는 식으로.

그러고 보면 나는 열 살 남짓부터 만화 속 주인공을 따라 하길 좋아했던 것 같다. 만화 〈그 남자 그 여자의 사정〉에는 여주인공인 유키노가 남들에게 완벽한 모습을 보이기 위해 새벽부터 일어나 운동하고 공부하는 장면이 나온다. 새벽 다섯 시부터였나? 여섯 시부터였나? 지금은 기억이 가물가물하지만, 동생과 내가 그 패턴을 열심히 따라 했던 기억이 난다. 그 학기 성적은 아주 좋았다. 포인트는 단순했다. '마치 내가 유키노가 된 것처럼' 판단하고 행동하는 것.

너무 단순해서 유치해 보이는 행동 패턴이지만 요즘 종종 그걸 이용해서 '빙의'를 한다. 대상자는 영화 속 히어로나 만화 속 주인공이 아니라 가족이나 친구, 지인들이다. 물론 내 주변의 사람들이 벤치마킹해야 할 만큼 완벽한 존재는 아니다. 하지만 그 누구에게라도 나보다 월등히 나은 점, 혹은 내게는 없는 좋은 부분이 한두 개는 꼭 있다.

이 시도의 첫 대상은 아이러니하게도 애인(지금은 남편)이었다. 나는 어떤 일이든 고심하고, 한 가지 생각에 빠지면 쉽게 헤어나오지 못하는 편이다. 뭔가 실수를 하면 거기에 사로잡혀 있기 일쑤고, 기분이 망가지면 그냥 주저앉아버리기도 한다. 하지만 애인은 그런 면에서는 굉장히 단순하다. 얼른 다른 쪽으로 화제를 돌려버리거나, 전혀 다른 일을 시작해서 지난 일을 잊는다. (그래서 연애 초반에는 분명 그 안에 숨겨둔 뜻이 있을 거라고 생각했는데 그냥 단순한 거였다.)

하고자 했던 일을 망쳐서 기분이 엉망이 됐을 때, 예를 들어 친구가 직전에 약속을 취소해서 금요일 밤 내내 혼자 보내게 됐거나 반대로 내 일정이 틀어져서 하고자 했던 일을 포기해야 했을 때, 원래의 나라면 남은 밤 내내 엉망이 된 기분에서 빠져나오지 못할 것이다. 어느 날 문득, 이럴 때 애인이라면 어떻게 했을까 하는 생각이 들었다.

'생각만으로는 안 된다. 빙의를 해보자!'

일단 애인처럼 의자에 아빠다리를 하고 앉은 후 애인처럼 판단하려고 해봤다.

'어, 음, 일단 제일 좋아하는 배달 음식을 시킬 것 같고, 보고 싶었던 영화나 미드를 다운받을 것 같아. 참, 맥주도!'

그래서 그렇게 했다. 우울할 새 없이 즐거웠다.

막상 해보니 내 주변 사람들에게 빙의하는 것이 기분 전환하는 데 꽤 효과가 있었다. 분기마다 옷장이 빵빵해져서 정리를 해야 하는데, 나는 도저히 옷을 버릴 수 있는 사람이 아니다. 그럴 땐 동생에게 빙의해서 나 자신에게

물어본다.

"이거 작년에 입었어?"

"아니."

"재작년에는?"

"안 입었는데, 내년엔 입을 거야."

"그럼 내년에 다시 사. 버려."

원래의 나였으면 고스란히 안고 있을 옷들을 동생에게 빙의한 덕분에 몇 벌 버렸다.

집이 자꾸자꾸 지저분해지려 할 때는 내 친구 S에게 빙의한다. 내가 아는 사람 중에 가장 깔끔하게 집을 유지하는 사람이다. 그 집에 놀러 갔다가 "나는 그냥 하루 종일 청소만 했음 좋겠어"라는 말을 듣고 깜짝 놀란 적이 있을 정도다. 청소력 제로인 나지만, S에게 빙의하면 어찌어찌 청소를 해낸다. "S였다면 이 꼴을 절대 두고 보지 못했을 거야, 암." 그렇게 혼잣말을 해가면서.

스스로를 너무 다그치게 되는 날이면 또 다른 친구인 J를 소환(?)한다. J는 내 주변 사람 중 자기 자신의 목소리를 가장 잘 들어주려 노력하는 아이다. 나조차 미워하는 나의 단점을 고백할 때마다, J는 항상 "그럴 수도 있는 거야. 그것도 너야"라고 말해줘서 나를 울렸다. J의 따뜻한 목소리에 빙의되어 일기를 쓰다 보면 꼭 울게 된다.

나 자신을 바꾸기 위해 그럴듯한 프로그램을 이수해야 한다거나, 대단한 과제를 해내야 하는 건 아닌 것 같다. 가끔은 사람에게 배우는 것이 가장 빠르고 가장 정확하다. 물론, 다들 내가 그들에게 빙의하고 있다는 사실은 모르겠지. 항상 몰래 소환해서 미안….

'원래의 나'였다면 할 수 없었던 일을, 나는 종종 이런 방식으로 해낸다. 그런 날들이 늘어가면서 조금씩 그들과 비슷해져가는 것 같기도 하다. 좋은 사람들을 곁에 두고, 그들의 반짝거리는 면면을 발견해가면서, 이렇게 닮아갈 수 있어서 다행이다.

우리 그 정도
대접은
받아도 되잖아?

"집에서 눈뜨자마자 일하는 기분이 이렇게 좋을지 몰랐어!"

코로나19 때문에 재택근무를 하게 된 친구가, 근무 첫날 내게 한 말이다. 상황이 상황인지라 주변에 재택근무를 하는 사람들이 하나둘 늘어나는 추세였다. 처음에는 다들 재미있어했다. 휴가 나와서 일하는 기분이라느니, 고양이님이 너무 방해해서 (행복한) 비명을 지르고 있다느니, 출퇴근 시간이 줄어들어 삶의 질이 바뀌었다느니…. 이미 집과 작업실을 오가며 혼자 일하고 있던 나는 주변 직장인들의 반응이 귀엽기도 하고 왠지 동지가 생긴 것 같아 반갑기도 했다.

그런데 재택근무가 1주일, 2주일, 한 달을 넘어 기약 없이 계속 이어지자 점점 괴로움을 토로하는 사람들이 생겼다.

"이제 그만 회사 가고 싶어…."

이 말을 수화기 너머로 들었을 때 나는 웃어야 할지 걱정해야 할지 잠시 헷갈렸다.

"지금 그 말 녹음했다가 다시 출근하게 되면 꼭 들려줄게."

"아악, 그건 또 그것대로 싫다."

벌써 몇 달째 재택근무를 하고 있는 S도 외로움과 우울감을 토로하기에, 나는 요즘 종종 그 집으로 출근(?)을 한다. 원래 앓는 소리를 안 하는 친구인지라 걱정이 되기도 했지만, 그 집에 가면 맛있는 밥을 얻어먹을 수 있다는 게 숨겨진 이유다.

놀러 간 첫날 점심에는 피시 소스 향이 은은하게 나는 태국식 돼지고기 볶음밥을 해줬다. 그다음 주에 갔더니 안초비 참치 샌드위치를 내왔다.

"나 때문에 매번 너무 번거로운 거 아냐? 다음엔 우리 뭐 시켜 먹자."

내 말에 S는 의아하다는 듯 답했다.

"아니? 나 원래 이렇게 먹는데?"

컵라면이나 간편식, 배달 음식으로 때우기 일쑤인 나에게는 도무지 이해가 안 가는 성실함이었다. 의심스러운 마음에 종종 "오늘 점심은 뭐 먹었어?" 하고 물었는데, 매번 다른 대답이 돌아왔다. 알리오 올리오, 소고기 쌀국수, ○○덮밥…. 매일 먹는 점심인데 어쩜 이렇게 다채로울 수 있는지.

주말에 한두 번 근사한 식탁을 차리는 것은 누구나 할 수 있을지도 모른다. 하지만 매일 이어지는 끼니를 마련하는 건 다른 문제다. 출근해서 점심 메뉴를 고르는 것도 귀찮다고 여기는 것이 인간의 본성이건만. 냉장고에 남은 재료를 가늠하고, 어떤 요리를 할지 정하고, 장 보러 가서 재료를 고르고, 자르고, 썰고, 익히고, 접시에 담고…. 쓰기만 해도 귀찮아지는 기분이다.

그래서 혼자 일할 때는 점심 식사가 '음식을 먹는 것'이 아니라 '끼니를 때우는 것'이 되기 쉽다. 문제는 대충 식사하는 날들이 쌓이고 쌓이다 보면, 내가 나를 대하는 마음가짐까지 망가진다는 것이다.

설거짓거리를 늘리기 싫어서 프라이팬을 통째로 상 위에 올려놓고, 저장 용기 뚜껑만 열어서 식사를 하고 있던 나 자신을 마주했을 때를 기억한다. 뭔가 묻어서 얼룩진 커다란 티셔츠에 바지도 안 입고, 마르다 만 부스스한 머리를 하고 있었다. 테이블 한쪽에는 전날 마신 맥주잔과 아침에 쓴 커피잔이 함께 놓여 있었고, 가위와 관리비 고지서와 말라가고 있는 꽃 한 송이와 수많은 잡동사니가 보였다. 지금 나를 이루고 있는 것 중에 좋아 보이는 것이 하나도 없단 걸 깨달았다. 더 정확히 말하자면 좋아 보이도록 '노력한 것'이 하나도 없다는 사실을.

그날 이후 예쁜 파자마를 두 개 마련했다. S만큼 근사한 음식을 만들진 못하지만, 손수 해 먹을 수 있는 간단한 요리들을 하나둘 늘려갔다. 물론 여전히 배고픔을 외면하고 싶을 정도로 귀찮은 날이 있고, 못 이기는 척 배달 음식을 시키기도 한다. 하지만 이제는 노력한다. 시간이 없더라도 가스레인지 불을 켜고 내 몸에 좋은 음식을 스스로 만들기 위한 노력, 설거지가 귀찮더라도 요리에 가장 잘 어울리는 그릇을 고르고 예쁘게 담아내기 위한 노력, 식사와 일이 동시에 이뤄지는 테이블을 단정하게 유지하려는 노력(제일 많이 실패하는 노력이기도 하다)을 한다.

아니나 다를까. 재택근무가 두 달 넘게 계속되자 S 또한 나에게 불만을 토로했다.

"점심 해 먹고 일하다 보면 또 저녁 해 먹을 시간이야. 먹고 나서 설거지하고 집 한번 치우면 하루가 그냥 끝난다. 매일 뭐 해 먹고 사는 게 이렇게 힘들 줄이야…."

그 말을 듣고 (실은 S보다 잘하는 게 하나도 없는 주제에) 나는 힘주어 대답했다.

"그럴 때일수록 더 좋은 거 해 먹고, 더 잘해놓고 살아야 하는 거 같아. 우리 그 정도 대접은 받아도 되잖아. 그치?"

오늘 점심에 해 먹은 요리도 고작 구운 버섯 에그 스크램블 정도지만, 핸드드립 커피까지 내려가면서 호들갑을 떨었더니 기분이 좋았다. 근사한 커피 향과 내가 좋아하는 재료들이 모인 음식. 그래, 내가 나한테 이 정도 대접은 해줘야지! 근데 설거지는 좀만 더 있다가 하면 안 될까?

수고한
나를 위해
축배를 들자

"정말 잘한 일이야. 정말 잘된 일이라고 생각해. 그렇지
않니?"

엄마는 전화 통화를 하며 3일째 같은 일에 대한 칭찬
을 반복하고 있다. 지겹지도 않나? 내가 한 게 뭐 대단한
일이라고. 그런 생각이 들자마자 고개를 휘휘 저으며 마
음을 고쳐먹고 대답했다.

"맞아. 나도 내가 잘했다고 생각해. 고마워, 엄마."

이 대답을 하기까지 얼마나 길고 긴 시간이 걸렸는지

모르겠다. 사실을 고백하자면, 엄마의 "정말 잘한 일이야"는 진심이 100퍼센트인 것이 느껴지는 데 비해, 나의 "나도 내가 잘했다고 생각해"는 진심이 70퍼센트 정도 되려나? 그래도 전화를 끊고 다시 한번 곱씹었다. 잘한 건 잘한 거라고. 내가 잘한 게 맞긴 맞다고….

나는 나의 성취에 크게 만족하지 못하고 쉽게 즐기지 못하는 편이다. 언제부터 그랬는지 모르겠다. 어쩌면 처음부터 이런 사람이었을지도 모른다. 긍정왕인 엄마에게 지금은 도움을 많이 받고 있지만, 어릴 때는 오히려 반대였다. 빛이 밝으면 그늘은 더 어두워지는 법이니까. 작은 것도 자랑스러워하고, 남에게든 자신에게든 칭찬을 아끼지 않는 엄마를 보면서 나는 점점 더 입을 다물었다. 엄마가 하는 칭찬의 말이 모두 호들갑이고 유난이라고 느꼈다. (어린 시절의 반항심도 분명 한몫했겠다.)

'자랑할 만한 일, 칭찬받을 만한 일은 따로 있는 거 아냐?'

'저 정도로 유난을 떨다니, 실은 더 대단해야 하는 거

아냐?'

그럴수록 무의식 속의 기준이 점점 더 높아진다는 것도 모른 채. 그렇게 20대가 되었을 때 나의 성취 기준은 하나로 수렴됐다.

'남들에게 인정받을 만한 일인가.'

이미 무의식 속의 기준은 너무 높았고, 당연한 얘기지만 내 능력은 그 기준에 한참 못 미쳤다. 스스로 만족할 만한 일은 거의 일어나지 않았다. 그나마 만족을 느낄 때는 남들이 무언가를 인정해줄 때였다. 그제야 '내가 좀 잘했나?' 하는 마음이 들고 기분이 좋았다.

스스로에게 칭찬받을 일이 거의 없으니 남들한테라도 칭찬받고 싶었다. 어쩌면 잡지사 에디터가 되고 싶었던 것도 남들에게 보여지는 직업이기 때문이었을지도 모르겠다. 많은 곳을 다니고, 유명한 사람들을 만나고, 글을 통해 나를 드러내는 일이라고 생각했으니까.

당연히, 원했던 직업을 가질 수 있었던 것은 기쁜 일이었다. 다양한 일을 동시에 다루는 에디터의 업무는 쉽지 않았지만, 적성에 잘 맞았다. 새로운 장소와 이슈를 접하는 것도, 자신만의 세계를 구축한 사람들을 만나 이야기 나누는 것도, 영화를 보고 책을 읽고 여러 문화를 접하는 것도 즐거웠다. 하지만 에디터 일을 하면서 얻은 나쁜 습관(?)도 하나 있다.

내가 몸담았던 곳은 주간지였다. 매주 마감이 있었고, 매주 월요일에 새로운 잡지가 세상에 나왔다. 잘 만든 콘텐츠도, 아쉬운 콘텐츠도, 수명은 일주일 남짓이었다. 만족스러운 결과가 나와도 기쁨은 잠시, 곧바로 다음 일을 생각하고 준비해야 했다.

그러다 보니 뭔가를 성취해도, 만족감을 느끼는 시간이 몹시 짧았다. 오히려 불안을 느끼기도 했다. 지금 이러고 있을 때가 아닌데, 빨리 다른 것들을 해내야 하는데…. 그런 조바심이 더해진 것이다. 성취감을 느끼는 빈도도 적은데 성취감을 유지하는 시간까지 짧아지다니. 지금 생각해보면 나 자신에게 너무 안타까운 일이지만, 당시에는 그런 생각을 할 겨를도 없었다. 그게 그냥 나인 줄로만 알았으니까.

회사를 벗어나 혼자 일을 하면서 그제야 뭔가 이상하다는 걸 느꼈다. 직접 조합한 향을 향수로 제작하고, 크라우드 펀딩으로 후원받고, 브랜드를 론칭하고, 온라인 사이트를 만들고…. 객관적으로 봐도 나는 처음 하는 일을 잘해내고 있었고, 꽤 괜찮은 결과도 얻었다. 그런데, 하는 일에 비해 느끼는 성취감은 턱없이 자그마했다. 가족의 칭찬과 가까운 친구들의 응원에 기대며 '잘하고 있는 게 맞겠지?'라고 묻는 일이 거듭되면서 깨달았다. 나는 스스로를 인정해주지도, 축하해주지도, 칭찬해주지도 않는구나. 나 자신을 별로 자랑스러워하지 않는구나.

1인 회사를 운영하면서 혼자 모든 일을 이끌어가는 것은 성취만큼 실패도 다양하고 많다. 게다가 혼자 하는 일이라 내가 이룬 성취를 남들에게 알리지 않으면, 아무도 모른 채 넘어갈 수밖에 없었다. 내가 나를 칭찬하지 않기에 성취에서 얻는 만족감은 적은데 자꾸 조바심만 내는 것은 일에 있어서도 내 정신 건강에 있어서도 마이너스일 거 같았다.

이래서는 도저히 일을 지속할 수 없을 거라는 깨달음

에 나는 한 가지 방법(?)을 고안해냈다. 바로 '축배를 드는 것'이었다. 대단한 일이 아니래도 뭔가를 이뤄낸 다음에는 '축배를 들자'며 사람들을 모았다.

스스로를 축하하기 위한 자리를 마련한다는 건, 내 성취만을 위한 의식을 만들고 거기에 오롯이 시간을 내어준다는 뜻이었다. 그 자리에서만은 얼마든지 나 자신을 자랑하고 칭찬할 수 있었다. 그러려고 만든 자리니까. 익숙하지 않은 일에 조금 머쓱하고 뻘쭘한 기분도, 좋아하는 술의 기운을 빌리면 좀 자연스러워졌다. 함께 축배를 들어주는 사람들은 고맙게도 같은 일을 두고도 여러 가지 다양한 표현으로 칭찬하고 응원해줬다. 술잔 위에 올려진 그 말들을 함께 받아 마시며, 나 또한 소리 내어 나를 칭찬해보기도 했다.

내 성취의 기준은 아직도 높은 것 같고 스스로를 인정해주기란 여전히 쉽지 않다. 하지만 그게 잘 되지 않는다며 스스로를 타박하는 마음만큼은 확실히 줄었다. 그럴 때면 또 '축배를 들자!'며 좋아하는 사람들을 모으면 되니까. 그런 생각을 하면 즐거워진다. 전보다 조금씩 나아지는 것을 느낀다. 언젠간 숨기운 없이, 100퍼센트의 마음으로, 나 자신에게 잘했다고 말해줄 수 있는 날이 오겠지. 그러니 여러분, 그전까지는 나와 함께 축배를 들어줘요.

행복은
돼지 저금통
처럼

"처음엔 이 영화가 나랑 잘 안 맞는다 싶었어요. 그런데 영화가 끝나고 나니까 그런 생각이 들더라고요. 미소 같은 친구가 있다면, 걱정은 되겠지만 결국 마음속으로 부러워하게 될 거라고요. 대단하다, 부럽다, 하고."

"미소를 보고 현실적이지 않다는 사람이 많은데, 전 오히려 반대라고 생각해요. 자기가 좋아하는 것이 분명하고, 거기에 만족하고 더 이상 바라지도 않잖아요. 그것보다 현실적인 게 있나요?"

"직장, 결혼, 집, 돈, 전형적 가정… 미소의 친구들은 보편적인 기준에 따라 살려고 하지만, 그들 중 누구도 미소보다 행복해 보이지 않더라고요. 어쩌면 미소는 자기 자신에게 가장 성실하고, 좋은 삶을 살고 있는지도 몰라요."

영화 〈소공녀〉를 보고 여러 사람과 한자리에 모여 이야기를 나눴다. 감상도 의견도 분분하고 다양했다. 주인공인 미소는 "위스키와 담배, 그리고 한솔이(남자 친구)만 있으면 돼"라고 심플하게 말하는 사람이다. 가사 도우미 일을 하지만 돈이 없어서 난방도 안 되는 한 칸짜리 월세방에서 산다. 해가 바뀌면서 담뱃값과 월세가 동시에 오르자 미소는 큰 결심을 한다. 집을 포기해버리기로. 커다란 캐리어를 끌고, 20대 초중반에 함께 밴드 활동을 했던 멤버들의 집을 찾아가며 하루하루를 여행하듯 산다.

"집은 없어도 취향은 있어!"라는 메인 카피 덕분에, 나는 영화를 보기 전까지 취향의 중요성을 이야기하는 내용이라 넘겨짚었다. 삶이 힘들어도 위스키와 담배에 대한 취향은 변하지 않고, 더욱 확고해지는 주인공이 나오는,

그런 성장영화 아닐까? 그 착각은 영화가 시작된 지 얼마 안 돼 바뀌었다.

미소가 찾아간 친구들은, 추억이라는 접점을 제외하면 저마다 몹시 다른 삶을 살고 있었다. 잦은 야근을 버티고 승진하겠다는 의지로 회사 휴게실에서 직접 링거를 주사하는 친구, 요리도 못하는데 고시생 남편과 시부모님을 위해 매일 식사를 준비하고 집안일을 하는 친구, 아파트를 마련하기 위해 매달 100만 원을 10년 동안 갚아야 하는 일도 감수했는데 결혼 며칠 만에 파혼당한 후배, 돈 많은 남편을 만나 이전과 전혀 다른 삶을 사는 친구, 결혼을 위해 미소를 감금하는 일도 불사하는 선배와 선배의 가족들….

네 삶은 스탠다드가 아니라고, 사랑하는 것만 생각하며 사는 삶이 염치없지 않느냐고, 몇몇 친구들을 비롯한 세상은 미소에게 자꾸만 다그친다. 하지만 크게 흔들리지 않고 묵묵히 자신의 삶을 살아가는 미소의 모습이 오히려 그들보다 행복해 보이는 건 왜일까? 모두가 추구하는 집, 돈, 직장, 안정적인 삶이 아니라 위스키나 담배, 그리고 연애 '따위'에 행복을 느끼는 미소가 잘못된 걸까?

처음에는 "미소가 왜 그렇게 사는지 의아하고 답답했어요. 걱정도 됐고요"라며 우려 섞인 감상을 꺼내놓은 사람도, "돈부터 버는 게 먼저 아닌가요? 집을 포기하는 게 아니라요" 하고 답답함을 먼저 내세웠던 사람도, 영화에 대한 이야기를 이어갈수록 조금씩 시선을 바꿔가는 게 느껴졌다. 사회적으로 추구'해야만' 한다고 주장되는 것들이 우리의 행복을 막아서고 있다는 생각이 스멀스멀 피어올랐다.

그때 누군가 최근 천주교에서 세례를 받았다며 입을 뗐다. 세례를 받기 위해서는 일정 기간 성당에서 천주교 교리를 공부해야 하는데, 그 과정의 일부로 수녀원에 가보았다고 했다. 거기 계신 수녀님들은 자신의 일을 선택하지 않고, 일이 주어지면 사명을 가지고 묵묵히 따른다고. 식사를 준비하는 일을 배정받은 분은 매일 식사를 준비하고, 바닥 청소를 배정받은 분은 매일 청소를 하는 것이다. 제일 기억에 남는 분은 수녀원 입구 관리실을 지키는 수녀님이었다고 했다.

"그곳을 지키는 것이 그분의 사명이자 기쁨인 거죠. 그분들께 중요한 것은 오로지 종교이며, 그분들의 기쁨은 신을 따르는 일이니까요."

그 이야기를 들으면서, 미소를 떠올리면서, 나는 깨달았다. 나를 포함한 많은 사람이 행복 앞에서 '이것이 행복을 느껴도 될 만한 것인지' 의심하고 재단한다는 것을. 이 행복을 다른 사람들도 인정해줄지, 너무 작고 사소해서 남들에게 말하기 애매한 행복은 아닌지, 행복을 마주칠 때마다 그런 바보 같은 고민을 해왔다는 것도.

그래서 길을 가다 발견한 작은 행복을 흔쾌히 주워 마음을 채울 수 없었던 것이다. 어딘가에 더 큰 행복이 있을 것 같아서, 이보다는 더 그럴싸한 행복이어야 할 것 같아서. 어딘가 더 나은, 더 커다란 행복이 있을 거라는 믿음으로 걸음을 재촉하던 순간이 얼마나 많았던가.

그런 마음으로는 멀리 가면 갈수록 지칠 뿐이다. 지쳐서 주저앉게 되면, 바닥에 쓰러지게 되면, 그때서야 깨닫는다. 그동안 마주쳤던 수많은 행복을 소중히 모아왔다면 지금 나는 충분히 행복할 텐데. 행복은 로또 당첨처럼 오는 게 아니라, 100원, 200원 모아 묵직해진 돼지 저금통을 한 번씩 끌어안을 때처럼 오는 것이구나. 찾아오는 게 아니라 쌓아가는 것이구나.

　그날 긴 대화 끝에 사람들은 각자 무언가를 다짐한 얼굴을 하고 집으로 돌아갔다. 나 또한 좋아하는 걸 좋아한다고 말하고, 행복한 순간엔 놓치지 않고 "행복하다!"고 말하는 사람이 되자고 마음먹었다. 미소처럼 "난 이것만 있으면 돼" 하고 단언할 용기는 아직 없지만….

　귀여울 정도로 작은 행복도, 오늘도 내일도 반복되는 행복도, 지나치지 않고 자꾸 말해서 내 것으로 만들고 싶다.

　'어제 마신 와인이 좋았어. 별생각 없이 고른 영화가 아름다워서 행복했어. 지금 이 글을 마감해서 너무 행복해!' 이렇게 말이다.

Part 3

하루하루는 성실하게,
인생 전체는 되는 대로

타인의
언어에
지지 않기로

N잡러 두 개 이상의 복수를 뜻하는 'N'과 직업을
뜻하는 'job', 사람을 뜻하는 '~러(er)'가 합쳐진
신조어로 '여러 가지 직업을 가진 사람'이라는 뜻
이다.

네이버 지식백과에 N잡러를 검색해보니 이런 정의가
나온다. 찬찬히 읽어보니, 딱 지금의 나를 표현하는 단어
다.

나는 지금 읽고 계신 이 책을 쓴 작가이며, 다양한 매체나 클라이언트와 일하는 프리랜서 에디터이다. 동시에 ahro(아로)라는 향수 브랜드의 향을 만드는 조향사이기도 하다.

"작가이신데(또는 에디터이신데), 어떻게 조향을 시작하셨어요?"

내가 자주 받는 질문 중 하나다. 그럴듯한 계기나 이유는 없다. 직장을 다니던 시절의 나는 세상만사를 궁금해하는 사람이었다. 새로운 것을 매우 좋아하는 성향도 한몫하여 수많은 것을 배우러 다녔다. 글에도 몇 번 쓴 적이 있는데 디제잉부터 작사까지, 범위도 참 다양했다. 배우고 싶다고 생각한 이유는 다 비슷비슷했다. 멋있어 보여서, 혹은 재미있을 것 같아서. 조향도 그렇게 배우기 시작했던 것 중 하나다.

처음에는 몇 개월짜리 주말 수업을 등록했다. 그게 1년이 되고, 3년이 되고, 결국 조향은 글쓰기 다음으로 내가 가장 오래 매달리는 일이 되어 있었다. 그리고 쓴 글을 독자들에게 보여주고 싶은 마음이 생기는 것처럼, 자연스럽게 내가 만든 향을 사람들에게 소개하고 싶은 마음이 들었다. 향수를 만들자! 사업의 'ㅅ' 자도 모르는 직장인 출신이면서, 순진하게도 그런 목표를 세웠던 거다.

실패에 실패를 거듭하며 몇 달에 걸쳐 조향한 것은 프리지아 향이었다. 파릇파릇 푸르른 풀잎 향에 노오랗고 달콤한 꽃 향이 더해진 그런 플로럴이었다. '향이 완성되었으니 이제 다 끝난 것이나 다름없다!'라고 생각했지만 큰 착각이었다.

나 같은 개인이 향수라는 화장품을 제작하는 일은 흔치 않기 때문에, 제작할 업체를 찾는 것 자체가 난관이었다. 정말 많은 업체에 연락했다. 제작 수량만 듣고 단박에 거절하는 곳도 많았다. 재차 연락하면 잡상인 취급(?)을 하기도 했다. 해줄 듯 해줄 듯 안 해주는 사장님도 있었고, 처음엔 호의적이다가 계속 가격을 올리고 또 올리며 협상을 하는 업체도 있었다.

공장까지 직접 찾아간 날도 있었다. 인천 서구의 어느 산업단지에 위치한 곳이었는데, 운전을 못하기에 전철로 거기까지 가는 데만 두 시간이 넘게 걸렸다. 사장님은 회

사의 긴긴 역사를 이야기하고 자기 자랑도 약간 덧붙인
후에 내 사업계획을 물었다. 누군가 내 제품과 앞으로의
계획에 대해 물어봐준 적이 없었기 때문에 나는 솟아오
르는 흥분을 누르며 차분히 말하기 위해 애써야 했다. 하
지만 직접 조향한 향으로 첫 제품을 만들 거라고 하자 사
장님은 고개를 저으며 물었다.

"스스로한테 그렇게 자신이 있어?"

이미 잘 팔리는 것이 증명된 유명 브랜드의 향을 카피
한 제품들도 판매에는 고전을 면치 못하는데, 어떻게 내
가 만든 향을 사람들이 좋아할 거라고 생각하냐는 거였
다. 그러면서 나에게 조말론 타입의 ○○○향과 딥디크 타
입의 ○○○향에 대해 설명을 늘어놓았다.

사장님이 못된 마음으로 그런 말을 한 건 아닐 거라 믿
고 싶다.

"여기서 향수 제작한 작은 업체들이 잘 안 되는 거 보
면 마음이 쓰이더라고…."

그런 말로 마무리하는 걸 들으면서, 다음에는 완성된
향을 가져와서 선보이겠노라 약속했다. 그 말을 하는 내

입은 웃고 있었지만 눈은 웃지 않았을 것이다. 그날 이후 그 사장님은 내 문자에 한 번도 회신한 적이 없다.

가깝지 않은 타인에게 부정적인 말을 하는 건 쉽다. 잘 안 될 거라고, 그렇게는 시작할 수 없다고, 다시 생각해보라고, 왜 그런 고집을 부리냐고…. 나를 꺾으려는 말을 수도 없이 들어야 했다. 자주 좌절했고 가끔은 며칠씩 가만히 고여 있는 것 외에 아무것도 할 수 없는 때도 있었다. 뾰족한 극복 방법은 없었다. 타인이 휘두른 언어의 칼에 맞으면, 쓰러진 채 회복될 때까지 기다렸다가 다시 일어나는 수밖에.

쓰러지고 일어나고 쓰러지고 일어나고를 반복하다 보니 다행히 첫 향수가 탄생하는 날이 왔다. 그리고 그 향수는 텀블벅이라는 크라우드 펀딩을 통해 약 1천 명의 사람들로부터 후원을 받았다. 대기업이 주도하는 화장품 시장에서 1천 명이라는 숫자는 작고 귀여운 정도겠지만, 나에게는 너무 놀라운 결과였다. 향수를 받은 사람들이 하나둘 남긴 리뷰를 읽는 것이 한동안 나의 낙이었다.

"향이 너무너무 좋아요."

"하나밖에 안 산 게 후회돼요."

이런 말을 읽을 때는 입가에 웃음이 번졌다. "이런 향을 만들어줘서 너무 고마워요"라는 문장 앞에서는 창피하게 눈물이 터지기도 했다.

두 번째, 세 번째 향수를 제작하면서도 때때로 타인의 언어에 상처를 입었다. 어떤 사람은 걱정이라는 탈을 쓰고 부정적인 말을 한다. 어떤 사람은 도와주지도 않을 거면서 초 치는 말 한마디를 꼭 해야 직성이 풀린다. 그럴 때마다 품 안에 숨겨둔 작고 다정한 응원을 꺼내어 본다. 그리고 매번 다짐한다. 쉽게 이길 순 없겠지만, 적어도 날선 타인들의 언어에 지지는 말자고.

하루하루는
성실하게,
인생 전체는
되는 대로

조향은 실패를 반복하고 또 반복해서, 마지막에야 완성을 이루는 일이다. 그래서 하다 보면 자주 '현타'가 온다. 네 시간 동안 집중해서 조향했지만 손에 쥐어진 것은 몇 가지의 실패작뿐인 날이 열흘쯤 반복되면 '내가 이걸 왜 시작했지' 하는 생각이 든다.

처음에는 그저 근사해 보여서 시작했다. 배우기 전에는 뭐랄까, 색을 조합해서 새로운 색을 만들어내는 것과 비슷하리라 예측했다. 예를 들어, 내가 좋아하는 장미 향과 오렌지 향, 시더우드 향을 섞으면 되는 거 아닌가, 하는 식으로 단순하게 생각했다. 하지만 향수 공방에서 향수 만들기 수업을 들어본 사람은 이해할 것이다. '좋은 향+좋은 향=좋은 향수'라는 공식은 성립하지 않는다는 사실을.

인간의 예측이란 늘 그렇듯 빗나가기 마련이다. 원래이 클래스에서 흔히 이뤄지는 향수 만들기 수업은 프로 조향사가 일반인도 쉽게 다룰 수 있도록 만들어둔 안정적인 조합을 섞어보는 정도의 단계다. 실제 조향은 몇백 가지의 향료를 고르고 골라 0.01그램까지 헤아려가며 향을 조합해보는 '화학 실험'에 가깝다. 그 과정에서 수십, 수백 번의 조합은 전부 실패로 돌아가고 오직 단 하나의 향만이 살아남는다.

공부하면 할수록 점점 출구가 없는 길로 들어서는 기분이었지만, 이미 흥미를 넘어 매혹된 상태였다. 내 머릿속에만 있고 세상에는 아직 존재하지 않는, 무형의 무언가를 실존하게 만드는 그 과정이 굉장히 지루하고 고달

팠지만 즐거웠다. 그 지점이 글쓰기와 흡사해서 마음에 들었던 것 같기도 하다.

하지만 조향을 하는 것과 '향수를 제작하는 것'은 또 다른 차원이었다. 회사 안에서의 일은 늘 방법이 정해져 있었고, 그것을 얼마나 성실하게 잘 수행하느냐가 성패를 가르는 핵심이었다. 하지만 회사 밖의 일은 일단 방법이 어디 있는지부터 찾아야 했다. 때로는 이 일을 가능하게 만들 방법이 있긴 있는지부터 확인해야 했다.

그 과정에서 심적으로도 실제적으로도 많은 사람에게 도움을 받았다. 그간 에디터로 살아오면서 다양한 사람을 많이 만났다고 자부했다. 그런데 회사 밖의 다양성은 그 스펙트럼의 넓이가 달랐다. 특히, 다양한 나이대의 일하는 여성을 만날 수 있다는 점이 좋았다. 몸담았던 회사는 전반적으로 여자가 더 많았지만, 40대 이상의 여성은 거의 없었다. 취재하며 만난 사람들도 대부분 20대, 30대의 젊은 여성들이었고.

크든 작든 자기만의 일을 꾸려가는 다양한 나이대의 여성들을 만나면서, 이 사회에서 '일하는 여성'이란 어떤 존재이고 이미지인지 자주 생각하게 됐다. 한 발 더 나아가 '내가 꿈꾸는 미래 속의 내 50~60대는 어떤 모습이지?' 하는 물음도 품게 됐다.

운 좋게도, 조언을 빙자한 훈계를 앞세우는 것이 아니라 "사실 나도 앞으로 어떻게 살아야 할지 잘 몰라"라며 담백하게 말씀해주시는 분들이 더 많았다. 그 말을 들은 내 기분은 '50~60대에도 미래가 막막하다니 절망적인걸'이라는 불안보다는 '이룬 것이 많고, 오래 일하신 분들도 늘 탄탄한 계획을 세우고 계신 건 아니구나' 하는 안도 섞인 끄덕임에 가까웠다.

사실 회사 밖에서 일하면서 여러 어려움이 있지만, 특히 '계획'에 관한 고민이 컸다. 나는 자칭 '계획 러버'이지만 되도록 장기계획은 세우지 않는 편이다. 한 번도 지켜진 적이 없기 때문이다. 그래서 '○○고시'에 몰두하는 사람들을 보면 경외심이 생긴다. 저렇게 긴 안목으로 침착하게 인생을 살아가다니….

하지만 혼자서 일하며 내가 나를 책임져야 하는 마당

에, 전처럼 단기계획만 가지고 살아도 괜찮은 걸까? 10년 계획, 5년 계획, 3년 계획을 탄탄히 세워둬야 하는 것 아닐까? 그런 불안이 앞서기 시작했다. 머리를 싸매고 앉아 이런저런 계획을 세워봤지만, 앞날을 예측하는 건 점점 더 어려워졌다. 그래서 언제부턴가 머릿속에 새겨둔 말이 있다.

하루하루는 성실하게,
인생 전체는 되는 대로.

애정하는 이동진 평론가의 블로그 대문글인데, 이 문장을 보자마자 반가워서 웃음이 날 정도였다. 딱 내가 찾는 마음이었다고나 할까.

이후 미래에 대한 불안이나 계획에 대한 고민을 주제로 이야기를 나눌 때면, 꼭 저 문장을 소개(?)한다. 그러면 의외로 많은 사람이 장기계획보다는 '하루하루의 성실'을 쌓아가며 자기 일을 만들어왔다는 걸 고백한다.

한국에 처음으로 '조향 학원'이란 것을 만드셨던 한 원장님은, '몇 년 안에 ○○을 이루겠다'는 목표가 아니라 '○○을 하고 싶다', '언젠가 ○○이 되면 좋겠다'라고 꾸준히 바라며 살아오셨을 뿐이라고 하셨다.

"뭔가 계획을 거창하게 세워도 잘 이루어지지 않더라. 그런데 열심히 살다 돌아보면 이미 해낸 일들이 거기 있는 거야."

글 쓰는 사람, 조향하는 사람은 많지만 글을 쓰며 동시에 조향하는 사람은 거의 없어서인지 사람들은 내게 자주 묻는다.

"글쓰기와 조향을 동시에 하는 게 어떤 장점이 있어?"

"그 두 가지를 가지고 앞으로 어떤 걸 이룰 거야?"

하지만 나는 항상 그럴싸한 답을 내놓지 못했다. 원대한 계획을 세우고 시작한 일이 아니기 때문이다. 다만 나의 다음 책에는 어떤 이야기를 담고 싶은지, 나의 다음 향수에는 어떤 향을 담고 싶은지는 명확하게 답할 수 있다. 그리고 그것들을 만들기 위해 어제도 오늘도 노력했고 내일도 노력할 것이다. 이렇게 매일매일을 성실하게 이루는 걸음 속에서, 되는 대로 헤매며 살아가는 것 같은 내 삶도 어디론가 향하고 있겠지. 언젠가 뒤돌아봤을 때 무엇을 보게 될지 지금은 절대로 알 수 없고, 그래서 더 살아볼 재미가 있는 것 아닐까.

나이 드는 게
더 이상
두렵지 않은
이유

　돌아보면 20대의 나는 유난히 나이에 민감했다. 중고등학생 시절, 나이 먹는다는 것은 '스물'이라는 행복한 목표(?)를 향해 한 살씩 가까워지는 일이었다(적어도 상상 속에서는 그랬다).

　하지만 스물에서 두세 살만 더 먹어도 '헌내기' 취급을 당했고, 스물다섯이 되자 '반오십'이라느니 '꺾였다'느니, 하는 재미없는 농담을 들어야 했다. 누구도 '서른'을 행복한 목표로 보지 않았기에, 나 역시 달갑게 나이 드는 법을 배우지 못했다.

대망의 스물아홉을 맞이했을 때 나는 차라리, 빨리 서른이 되길 바랐다. 만나는 사람마다 "곧 서른이네?", "이제 30대구나. 좋은 시절 다 갔네"라며 바라지도 않는 오지랖을 부리는 게 싫었기 때문이다.

며칠 전 혹은 몇 달 전의 나와 달라진 게 하나도 없는데도 단지 숫자일 뿐인 '스물아홉'은 그 자체로 놀림거리가 되었다. 그런 말에 큰 악의가 없었다는 건 알지만 그렇게 별생각 없이 내뱉는 고정관념이야말로 사회에 단단히 뿌리박혀 있는 법. 고백하자면 나 역시 발버둥 치면서도 그 고정관념에서 완전히 벗어날 수는 없었다.

그리하여, 스물아홉 내내 빨리 서른이 되길 바라는 마음과 그러지 않았으면 하는 두려움 사이에서 갈팡질팡했다. 그 방황은 20대 내내 계속되어오던 것이어서 더욱 무거웠다.

점점 더 멀어져 간다
머물러 있는 청춘인 줄 알았는데

막걸릿집에서 흘러나온 김광석의 〈서른 즈음에〉를 웅얼웅얼 따라 부르다가, 급기야 울음이 터진 날을 기억한다. 가장 좋은 시절이 내 곁을 떠나간다는 슬픔이 울컥 쏟아졌다. 지금 돌아보면 웃음이 나오는 장면이지만 그 순간만큼은 나름 절절했다.

나는 그때, 내가 가진 모든 가능성이 가장 빛나고 있다고 느꼈다. 그리고 서른이 지나면 그것이 서서히 사라질 거라 믿었다. 그 착각이 아주 틀린 건 아니었을지도 모른다. 20대의 삶은 정말이지 가능성의 나날이라 해도 과언이 아니니까. 뭔가가 이뤄진 게 아니라 가능성'만' 있다는 것에 괴로워하는 순간의 연속이기도 하지만….

30대에는 내가 가진 선택지가 한정될 것만 같았다. 직업도, 직장도, 내 수입이나 사는 곳도, 함께하는 사람들도 정해진 채로 큰 변화 없이 늙어가기만 하는 것 아닐까? 하지만 서른을 통과하면서 깨달았다. 30대는 가능성이 줄어드는 시기도, 선택지가 좁아지는 시기도 아니라는 걸. 엄밀히 말하자면, 내 삶과 관계없는 질문 자체를 지워버릴 수 있는 단계가 오는 거랄까.

고백하자면, 나는 쫄보다. 소심한 건지 예민한 건지 모르겠지만 늘 삶이 두렵다고 느꼈다(하기야 그 누가 사는 게 수월할까). 어릴 때는 두려움이 사방에 숨어 있는 것 같았다. 좋은 대학에 갈 수 있을까? 토익 점수를 잘 받을 수 있을까? 외국어를 더 배워야 하나? 이 대외활동이 도움이 될까? 그 사람도 날 좋아할까? 살을 더 빼야 할까? 어떻게 하면 더 나아질까? 모든 것에 쫓기고, 모든 것이 욕심났다.

이제는 내가 원하지 않는 방향에서 두려움이 나타나는 일은 없다. 어떤 부분의 나는 망해도 되거나 혹은 이미 망해 있다. 그래도 괜찮다. 왜냐하면 그 부분은 '나'라는 사람의 삶에는 없어도 된다는 걸 이젠 아니까.

20대는 많이 다치는 시절이다. 어린 살결에, 여린 마음에 처음 겪어보는 상처가 생기는 날의 연속이다. 나는 첫 인턴 생활에서, 무턱대고 '나와 잘 어울릴 것'이라고 생각했던 일이 예상과 달라 실패감을 맛보고 방황했다. 첫눈에 반한 사람이 가장 지독한 상처를 안겨주기도 했고, '좋은 사람'이라고 여겼는데 시간이 지나니 'X새끼'였다는 걸 깨달은 일도 있다. 급격히 가까워졌던 친구들을 그만큼 갑작스레 잃었고, 서서히 다가온 친구들과는 천천히 닮아가며 지냈다. 무수히 많은 '처음'이 스쳐간 시간들은, 마치 맨몸으로 거리를 굴러다니는 양 생생하고도 아팠다.

그때를 훌쩍 지나온 지금, 내게 묻은 시간의 흙먼지들을 훌훌 털고 들여다본다. 유난히 흉터가 많은 곳이 있는가 하면, 별로 다치지 않은 것 같은데 여전히 아픈 곳도 있다. 내가 어떤 것에 예민하고 어떤 것에 무딘지, 어떤 면이 못됐고 어떤 면이 착한지, 이제 어렴풋이 알 것 같다.

'나는 커서 어떤 사람이 될까?'

'이렇게 살면 내 미래는 어떻게 되는 거지?'

10대와 20대 내내 붙들고 있었던 이 질문들이 서른을 지나며 서서히 바뀌었다.

'내가 되고 싶지 않은 사람은 어떤 모습이지?'

'내가 곁에 두고 싶지 않은 사람, 하고 싶지 않은 일은 뭐지?'

'내 삶에서 뭘 빼야 하지? 어떻게 하면 내 삶에서 가장 중요하고 나다운 것만 남길 수 있지?'

이런 질문들이 이어졌을 때, 나는 감히 마흔의 나를 그려볼 수 있었다. 20대에는 서른이 다가오는 게 마냥 두려웠고, 상상해보려 해도 잘 되지 않았는데 말이다. 하지만 30대는 뒤돌아볼 10년이 있기 때문에, 추억인 동시에 반면교사 삼을 내가 있다. 그리고 이렇게 또 살아가다 보면 40대에는 내가 어떤 모습이 될지, 희미하게나마 그려낼 현실감도 있다.

스무 살부터 스물아홉 살까지의 삶이 서른의 나를 만들었던 것처럼, 아마 마흔의 나는 그때까지 살아온 날들과 크게 다르지 않을 것이다. 바로 그게 핵심이다. 시간이 지난다는 것, 나이를 먹는다는 것은 '나를 만들어간다'는 것과 동의어다. 내가 쌓아가는 모습은 점점 뚜렷해질 것이고, 내가 지우려고 애쓰는 모습은 천천히 흐려질 것이다. 그렇게 나 자신이 나를 만들었고 또 만들어가고 있다는 걸 30대에 온몸으로 깨달았다.

그러니 앞으로 스물아홉 청년을 만나면 "이제 진짜 좋은 때가 올 거야" 혹은 "서른부터는 네가 점점 더 너다워질 거야"라고 말해주고 싶다. 나 또한 점점 선명하게 드러

나는 자신을 마주할 수 있으리라 생각하면 40대, 50대가 다가오는 게 그저 두렵거나 아쉽지만은 않다. 오히려 조금은 기대가 되기도 한다. 이런 마음이 모이면 나이 드는 것에 대해 순수하게 기뻐할 수 있는 날도 올 테지. 내가 나를 이만큼이나 만들어냈다는 건 분명 축하받아 마땅한 일일 테니까.

삶이
좀 미니멀하지
않으면 어때

며칠째 옷방을 정리하겠다고 마음먹고 시도와 실패를 거듭하고 있다. '청소'와 '정리'는 365일 내내 To-Do 리스트에 들어가 있는데, 성공은 반년에 한두 번 있을까 말까 한 일이다. 시늉만 하다 말거나, 잘못된 방식으로 시작했다가 제풀에 지쳐 나가떨어지는 경우가 대부분이다. 정리와 청소를 착착 해내는 사람들을 보면 가끔은 내 유전자에 문제가 있는 게 아닐까 의심스럽기도 하다.

옷방뿐 아니라 침실이든 부엌이든 책장이든 책상 위

든 공간의 크고 작음과 상관없이 나의 정리 결심은 실패하기 일쑤다. 문제가 뭔지는 나도 안다. 여러 가지 중에서 가장 큰 문제는 내가 무언가를 버리는 데 매우 취약한 사람이라는 것. 특별한 수집욕이 있는 것도 아닌데 말이다.

오늘은 기어코 책장을 정리하고 말 테다, 하고 마음을 먹었다가도 손에 잡히는 수첩 하나, 편지 하나를 지나치지 못하고 읽어 내려가기 시작하면 그날 반나절은 훌쩍 날아가버린다.

동생과 함께 살 때는 그나마 조금 나았다. 동생이 '버리기 요정'이 되어줬기 때문이다.

"언니 이 수납함 버린다?"

"안 돼! 나한테 중요한 거야!"

"아무것도 안 들어 있잖아…. 이 옷도 버린다?"

"안 돼! 내년엔 입을게. 흑흑."

"아니, 안 입을 거야. 버려."

동생 말이 맞다는 걸 알면서도 그 옷을 손에 꼭 쥔 채 망설이는 바보 같은 나.

결혼하면서 이전에 살던 집에 많은 것을 두고 오긴 했

지만, 2~3년 새에 작은 집이 빼곡하게 채워질 정도로 물건이 불어났다. 물욕이 많은 것도 아닌데 물건이 새끼라도 낳는 걸까? 날이 갈수록 늘어나는 '내 것'들 앞에서 고민만 거듭하는 내게 친구가 조언했다.

"집에서 나올 때마다 무조건 뭔가 하나씩 들고 나와서 버려. 어제는 페트병 몇 개, 오늘은 구멍 난 티셔츠, 내일은 코팅이 벗겨진 프라이팬…. 문 앞에서 버릴 거 없나 둘러보면 뭐 하나는 꼭 있더라고!"

"오, 그거 좋은 팁인데?"

친구의 조언대로 뭐든 하나는 버리는 습관을 지금도 실천하고 있다. 덕분에 이전보다 집이 조금은 깔끔해진 느낌이랄까? 하지만 간과한 게 있었으니…. '친구야, 우리 집에는 너희 집보다 물건이 훨씬 더 많아. 그걸로는 어림도 없단다.'

한때 미니멀리즘이 유행하면서 나 또한 내 삶을 바꿔보려 애쓴 적이 있다. 미니멀리즘 책을 여러 권 읽었고, 여백의 미를 넘어 허전해 보이는 빈 공간을 누리며 산다는 일본 미니멀리스트들의 사진을 한참 들여다보기도 했다. 필요한 최소한의 물건만 남길 것, 하나의 물건을 여러 가지 용도로 사용할 것, 되도록 집에 새 물건을 들이지 않을 것, 오래된 물건은 선별하며 개수를 줄여갈 것 등등. 책에 적혀 있는 수많은 방법을 알아갈수록, 나는 평생 미니멀리스트가 될 수는 없겠다는 걸 깨달았다. 아니, 솔직히 말하자면 그렇게 되고 싶지 않았다.

　무언가를 끌어안고 있는 건 삶을 무겁고 복잡하게 하는 일일지도 모른다. 인생이 조금이라도 홀가분해질 수 있다면 얼마나 좋을까. 모두에게 그런 바람이 있으니 나 같은 사람도 미니멀 라이프를 자주 들여다보게 되는 걸 테다. 하지만 이제 나는 나를 안다. 나는 선물 받은 꽃다발 포장지 끝에 적힌 친구의 "보고 싶었어"라는 필체가 아쉬워 포장지를 잘라두는 사람이다. 입사했을 때 썼던 수첩 속 구구절절한 메모를 고이 간직해두는 사람이다. 그리고 앞으로도, 나는 여행지에서 마음에 드는 가게가 있으면 괜히 명함을 집어 올 것이다. 그 도시에 다시 가리란 보장도 없으면서.

쓸모와 실용만을 기준으로 보았을 때는 정말 바보 같은 짓이겠지만, 버리지 못한 것들이 나이테처럼 내 주변에 차곡히 쌓여가며 만드는 이야기가 있다고 믿는다. 초등학교, 중학교 시절 친구들과 주고받은 편지 속 오그라드는 문장들은 순식간에 어렸던 나를 소환한다. 아빠가 돌아가시고 난 후 3년 만에 꺼내 입은 아빠의 외투 주머니에서 손수건을 발견했을 때는 또 어떻고. 고등학교 때 자주 입던 낡은 가디건, 스무 살이 넘어서 내가 번 돈으로 처음 샀던 지갑, 10대 때 동경하던 만화책 속 주인공을 따라 산 비비안 웨스트우드 목걸이…. 이것들을 버리지 않아 다행이라고, 쓸모로 물건을 판단할 줄 모르는 나의 명청함을 그때만은 찬양하게 된다.

옷 한 벌, 책 한 권, 하물며 펜 한 자루에도 내가 만들어 낸 이야기가 들어 있다. 내가 까맣게 잊고 있던 그 시절 내 모습이 물건 하나로 단박에 내 앞으로 불려 나온다. 그때의 그 감정까지도 함께.

잊고 지내다가도 열어젖히면 그리운 노래가 흘러나오는 오르골처럼, 그 시간으로 나를 데리고 갈 나만의 타임

머신이 필요한 순간이 분명 있다. 그립다는 마음도, 그리
워할 추억도 자주 잊고 살 정도로 바쁘게 돌아가는 우리
의 일상에 그마저도 없다면 나는 나를 자주 잃어버릴 것
이 분명하다. 한 뼘 더 깔끔해지는 대신 한 줌 더 희미해
질 것 같다. 그러니 삶이 좀 미니멀하지 않으면 어때. 까
마득한 기억과 추억에서 희미하게 들려오는 먼 노랫소리
를 들을 수 있다면. 그것들이 한데 모여 내는 묘한 소리에
귀 기울여가며 살 수 있다면.

외로움이
남겨준 선물

SNS에서 익명의 누군가에게 질문을 받았다.

"외로운 게 너무 힘들어요. ㅠㅠ 외로움을 어떻게 해결하시나요?"

답을 해주고 싶었지만 말문이 막혔다.

10대, 20대… 돌이켜보면 늘 외로웠다. 외로워서 어쩔 줄 모르는 상태였다. 30대가 되면, 어른이 되면, 외로움이 뿅 하고 사라질까? 그럴 리가. 남편이 곁에 있음에도 나 또한 여전히 외로움에 사로잡히는 날이 있다. 60대는 어떤지 궁금해서 엄마에게 물어봤다.

"엄마도 외로울 때가 있어?"

엄마는 1초도 망설이지 않고 대답했다.

"그러엄, 당연히 있지!"

외로움의 사전적 정의는 '홀로 되어 쓸쓸한 마음이나 느낌'이다. 사실 인간이라면 누구나 혼자이기 때문에 모두가 느끼는 당연하고 자연스러운 감정이다. 다만 나의 10대와 20대를 돌아보아도, 누구나 혼자라는 그 당연한 사실에 '나'를 대입시키는 것부터가 쉽지 않았다. 그러니 외로움이라는 감정을 제대로 마주하지 못했을 수밖에.

외로움에서 벗어나기 위해 저지른 일(?)은 수도 없이 많았지만, 가장 대표적인 것은 연애가 아닐까 싶다. 덕분에 다양한 경험을 하게 된 셈인데, 대부분은 나에게도 상대에게도 유익한 시간은 아니었던 것 같다. 사랑에 대해 곰곰이 고민해보거나 상대를 헤아리기도 전에, 맞닥뜨린 외로움을 피해보고자 무모하게 몸과 마음을 던지는 경우가 대부분이었다.

외로울 때는, 외로워서 미칠 것 같을 때는, 상대의 좋은 점이 마치 그 사람의 전부처럼 보인다. 사람은 단면적인 존재가 아니고, 누구에게나 단점이나 약점이 있다는 걸 머릿속으로는 알고 있다고 해도 말이다. 그 사람과 있으면 모든 것이 나아질 것 같다는 희망. 외로움은 그렇게 사람을 바보로 만든다.

친구 관계도 마찬가지였다. 사람은 사람을 구할 수 없다. 머리로는 알면서도, 타인에게 필요 이상으로 기대고 의지하는 나를 멈출 수 없었다. 혼자라는 느낌이 두려워서 1부터 100까지 모든 감정을 공유하려다 과부하가 걸려 터져버린 관계들이 떠오른다.

혼자 걷는 게 외롭다고 2인 3각처럼 서로의 발을 묶어 함께 걸으려고 했던 어린 날의 우리. 각자의 팔만큼 거리를 유지하며 두 손을 꼭 잡고 걷는 방법도 있었을 텐데. 가능한 모든 걸 밀착시키면 외로움이 우리 사이를 비집고 들어오지 못할 거라고 착각했다.

때로는 집단에서 얻는 소속감으로 외로움을 무마시켜 보려고도 했다. 많은 사람이 드나드는 동아리 방에 이유

없이 죽치고 앉아 시간을 때우던 기억. 친구의 친구, 선배의 친구, 선배의 선배, 후배의 후배와 후배의 친구… 느슨한 연결고리 속에서도 안정을 찾으려 했다. 있을 곳이 있다는 것만으로도 어떤 의미를 부여했다. 기꺼이 시간을, 마음을, 나를 내주었다.

물론 무엇도 시도할 수 없을 정도로 지쳐, 가만히 존재하기만 하는 날도 분명 있었다. 집 천장을 바라보며 누워 있으면 청승맞게 눈물이 났다. 내가 혼자여도 괜찮은 사람이라면 얼마나 좋을까. 아무것도 하지 않아도 고독하지 않은 사람이라면 얼마나 좋을까. 홀로 자유롭고 충만하게 살아가는 것만 같은 사람들이 늘 부러웠다.

무수한 경험을 통해 외로움의 구멍을 타인으로 채울 수 없다는 걸 깨닫고 나서는, 다른 길을 찾아 나섰다. 혼자서 영화를 보고, 서점을 누볐다. 카페에 앉아 책을 읽고 글을 썼다. 새로운 것을 배우며 낯선 경험을 찾아다녔다. 모르는 사람과 함께하는 모임을 통해 이야기와 생각을 나눴다. 혼자 여행을 떠났다.

시간이 지나 돌아보니, 저주 같았던 외로움이 내게 무

언가를 남기고 있다는 걸 깨달았다. 《안으로 멀리 뛰기》
라는 책에서 이병률 시인도 비슷한 맥락의 이야기를 했다.

> 게다가 우리 모두 병에 걸려 있잖아요. 외로움이라
> 는 병. 하지만 젊은 사람한테 외로움은 약이 될 거
> 예요. 외로움이란 스스로 '자존(自存)'하기 위한 방
> 식에서 생겨나는 거니까. (중략) 혼자 있는 시간을
> 얼마나 갖느냐가 결국 그 사람을 빛나게 합니다.
> '외로움의 세포'를 잘 다스리면 괜찮은 사람, 나은
> 사람이 돼요. 이건 명백히 확실해요.◇

외로움은 분명 나를 괴롭게 했다. 그것만 없다면 행복
한 순간이 더 많아지리라고, 덜 슬퍼지리라고, 불안하거
나 부족한 나의 모습에서 벗어날 수 있으리라고 믿었다.
외로운 게 싫어서, 나는 그것을 채우려 애쓰거나 그것으
로부터 도망치려고 애썼다.

이제는 외로움과 마주하면, 일단 잠시 멈춘다. 심리학
에서는 불안이나 우울, 외로움 등 부정적인 감정을 마주

할 때, 그 감정을 응시하고 들여다보는 것을 가장 우선으로 한다고 들었다. 하지만 외로움은 가만히 응시하기가 가장 어려운 감정인 것 같다. 나는 주로 일기의 도움을 받으며, 안에 쌓여 있는 외로움에 대한 느낌이나 생각을 쭉 풀어놓는다.

물론 그렇다고 해서 외로움이 끝나는 건 아니다. 다만 갑자기 밀려오는 외로움은 마음을 넘어뜨리는 강력한 힘이 있는데, 응시하는 과정을 통해 마음을 일으키는 시간을 가질 수 있었다. 일어나기 힘들다면 적어도 넘어진 채 가만히 엎드려 있을 시간이라도.

스스로 생각조차 하지 못하도록 내 두 눈을 가렸던 외로움의 그늘이 차차 걷히면, 그제야 주위를 둘러볼 힘이 생긴다. 물론 외로움 밖으로 뛰쳐나가지도, 외로움 안으로 매몰되지도 않으며 나를 지키기란 여전히 어렵다.

그래도 애써본다. 외로움의 수면 위로 밀어 올릴 부표를 만들기 위해 글을 쓰고 향을 만든다. 외로움의 구멍을 채울 만큼 새롭고 재미있는 것들을 찾아 흡수한다. 너무 힘내려 하지 않고, 적당히 숨을 고르면서.

60대인 엄마도 외로울 때가 있다는 걸 보면 이 감정에 영원한 끝은 없을 테지. 외로움을 받아들이는 일 또한 (나로서는) 영영 가능할 것 같지 않다. 하지만 그것을 동력으로 삼으려 시도하다 깨달은 것도 있다. 실은 더 괴로운 건 외로움 그 자체가 아니라, 외로워하는 내 모습을 싫어했던 나 자신이었음을. 이제는 그런 걸로 날 미워하고 싫어하고 싶지 않다.

외로움은 또 나를 찾아오겠지만, 언젠가 떠날 것이다. 훗날 돌아보면 그곳에 남아 있는 것은 여전한 외로움이 아니라, 디디고 일어서려 노력했던 내 발자국일 것이다. 그 생각을 하면 외로움이 예전처럼 막막하기만 하진 않다. 아주아주 조금은 선물처럼 느껴지기도 하고.

❀ 《안으로 멀리 뛰기》 90~91쪽, 북노마드, 2016

행복을
느끼는 연습

나는 하고 싶은 게 많은 아이였다. 책을 많이 읽고 글을 쓰고 싶었다. 공부를 열심히 해서 장학금을 타고 교환학생을 가고 싶었다.

기타를 치고 노래를 하고 싶었고(실제 밴드 활동을 잠깐 했다), 격투기를 배우고 싶었고(여전히 할 줄 아는 건 숨쉬기 뿐), 3개 국어를 섭렵하고 싶었고(한국어만 잘한다), 주식 천재가 되고 싶었고(경영학과라서), 좋은 회사에 들어가서 마음에 쏙 드는 일을 하고 싶었다.

돌아보면 내가 유별나서가 아니라 스무 살 무렵 우리 모두가 그랬다. 툭 치면 하고 싶은 것이, 막연한 꿈이 줄줄 흘러나왔다. 두서없는 욕심을 따르려 애쓰는 게 즐거운 청춘이었다.

그런데 이상했다. 나이가 들어 직업이 생기고, 돈을 벌고, 책을 출간하고…, 남들이 보기엔 안정적인 일상을 살고 있는데도 자꾸 하고 싶은 게 생겼다. '아, 이건 성격이구나' 싶었다.

물론 나보다 더 열심히 '딴짓'을 하는 사람들도 있었다. 매일 저녁 크로스핏을 하는 사람, 주말마다 독서 모임을 나가는 사람, 디제잉을 배워 금요일 밤에는 클럽 무대에 서는 사람, 뜬금없이 프랑스 자수를 놓는 사람 등등. 일상이 되어버린 일 이외에, 다들 자신만의 무언가를 이루려고 애쓰고 있었다.

하지만 딴짓을 위한 노력이 어릴 때처럼 마냥 즐겁기만 하지 않다는 게 나의 문제였다. 새로운 것에 마음을 쏟으면 즐거운 동시에 '괜한 짓 하는 건 아닐까?', '혹시 망하면 어쩌지?' 싶어 불안했다. 일본 여행을 자주 다니면서 '여행 일본어 정도는 멋지게 하는 나'를 꿈꾸며 시작한 일본어 공부도 그랬고, 영상에 대해 1도 모르는 주제에 '유튜버가 되겠다'며 촬영을 시작했을 때도 그랬고, 첫 책이 나오고 나서 '다음 책은 스스로 기획하겠다'고 다짐했을 때도 그랬다.

목표를 이뤘을 때 느끼게 될 기쁨만큼 그것을 잃었을 때 겪을 두려움 혹은 괴로움도 가깝게 느껴졌다. 욕심이 내 발목을 잡고 자꾸 넘어뜨리는 것은 아닌가, 그런 생각이 자주 들었다. 작은 일에 일희일비하는 게 어쩐지 부끄럽고, 누군가 인생을 초연하고 여유롭게 받아들이는 것처럼 보이면 무작정 부러웠다.

그럴 때면 다 포기하고 한 그루의 나무처럼 살고 싶기도 했다. 하지만 나는 땅과 바람과 물과 햇빛, 그것만으로는 만족하지 못하는 욕심 많은 인간이라 슬펐다. 그런데 영화 〈킹스맨: 골든 서클〉을 보다가 어떤 장면에서 예상치 못한 답을 얻었다.

"잃을 게 있다는 건 삶을 가치 있게 만들어주지."

킹스맨 해리(콜린 퍼스)의 대사였다. 악당에게 죽임을
당했다가 기적적으로 살아난 그는, 사랑하는 여자 때문에
냉정함을 잃어버린 킹스맨 에그시(태런 에저튼)에게 말했
다. "내가 죽는 순간 무엇이 떠올랐는지 아느냐"고. 아무
것도 떠오르지 않았다고. 완벽한 킹스맨처럼 보였던 그이
지만 삶에 집착하는 것이 없었기 때문에 죽는 순간 아쉬
울 것도, 그리울 것도, 후회할 것도 없었던 것이다.

그 말을 듣는 순간 엉뚱하게도 눈물이 터져 나왔다. 왜
였을까. 내가 꿈꾸는 것들을 '잃을 수도 있다'는 두려움에
사로잡혀서 그것들이 내 삶을 가치 있게 만들어주고 있
다는 사실을 잊고 있었기 때문이다.

자꾸만 욕심내서 뭔가를 가지려고 하는 스스로를 보면
서, 내가 인생에 '잃을 수도 있는 것들'만 만들어내고 있
다며 야속해했기 때문이다. 나를 불안하고 두렵게 만든
다는 이유로, 꿈과 목표의 밝은 면은 보지 않고 나 자신을
몰아세웠다. 바보처럼.

욕망과 행복은 둘 다 인간이 느끼는 자연스러운 감

정이다. 욕망은 욕망대로 최대한 노력해서 추구하는 근력도 필요하고 행복은 행복대로 너그럽게 감지하는 촉도 필요하다. 다시 말해, 욕망을 위해 행복을 포기할 필요도, 행복해지기 위해 욕망을 포기할 필요도 없다.☺

임경선 작가의 책《자유로울 것》에 적힌 구절이다. 우리는 흔히 자신의 욕망을 이루면 행복할 거라고, 욕망을 이루지 못하면 불행할 거라고 이분법적으로 생각한다. 하지만 작가는 현명하게도 그 둘 사이에 선을 그어둔다. 그녀는 "행복이란 얼마큼 행복한 일이 내게 일어날까, 라는 객관적인 조건의 문제가 아니라 얼마큼 내가 그것을 행복으로 느낄 수 있을까, 라는 주관적인 마음 상태로 결정된다"고 말한다.

내내 욕심쟁이였던 나는, 덕분에 종종거리는 것에, 욕심내는 것에, 그리고 종종거리며 욕심을 내다가 일을 그르치는 것에도 익숙한 사람이 됐다. 내 삶은 주로 실패와 그다음 실패로 촘촘히 짜여져 있는 셈이지만, 돌아보면 내가 이뤄낸 썩 근사한 일들이 반짝이고 있었다.

결국 나에게 필요한 것은 욕심을 내려놓고 초연해지는 일이 아니라, 욕망을 좇는 과정에서 행복을 찾아내는 능력이었다. 요즘처럼 욕망이 가득한 시대에는 행복이 먼 얘기처럼 느껴진다. SNS를 보면 잘생기고 예쁜 사람들이 너무나 많다. 맛있는 음식과 멋진 여행을 즐기는 장면이 가득하다.

회사에서는 높은 스펙을 갖출 것을 요구하고, 사회는 계속 성장할 것을 종용한다. 느긋하게 지금의 행복을 맛보는 사람에겐 '우유부단하다', '철이 없다'는 딱지가 붙는다. 그래서 사람들은 뭔가를 이루기 위해 애쓰기만 하고, 내 손 안에 들어와 있는 행복을 느끼는 연습을 할 생각은 하지 못한다.

앞으로는 '잃을 것이 있는 삶'을 긍정하기로 했다. 내 안의 욕망은 또 솟아오를 것이고, 나는 또 그것 때문에 종종댈 테니까. 그건 설레는 동시에 불안한 일이겠지만, 불행한 일은 아닐 것이다. 노력하는 사이에 내 삶은 한 뼘 더 가치 있어질지도 모른다. 더 많은 것을 욕망하는 동시에 더 자주 행복할 수도 있다는 사실을 잊지만 않으면 말이다.

❀ 《자유로울 것》 19-20쪽, 위즈덤하우스, 2017

한 번에 하나씩,
한 번에
하나씩

"걱정을 해서 걱정이 없어진다면 걱정이 없겠네."

인터넷 게시판에서였나? 이 말을 처음 봤을 때, 피식 웃음이 나왔다. 온갖 걱정을 싸매고 앉아 있을 때의 내가 불현듯 떠올라서. (이 글을 쓰려고 검색해보니 심지어 동명의 책도 나왔다.) 맞는 말이다. 하지만 걱정은 안다고 해서 멈출 수 있는 종류의 것이 아니라는 게 문제다.

나는 보통 열두 시에 침대에 눕는다. 그리고 눕자마자 쉽게 잠드는 편이다. 하지만 가끔, 한 달에 한두 번 정도는 도저히 잠이 오지 않아 새벽 서너 시까지 뒤척이곤 한다. 그럴 때는 열이면 열, 머릿속에서 온갖 생각과 걱정이 꼬리에 꼬리를 물고 계속된다. 물론 그 와중에도 잠들기 위해 엄청 노력하지만 계속 실패할 뿐이다. '이제 그만해야지. 자자. 자야지.' (5초 경과) '근데….'

걱정이란 주로 미래에 관한 것이다. 아직 일어나지 않은 일, 일어날 가능성이 희박한 일, 아주아주 먼 미래에 일어날 수도 있는 일까지 모두 걱정에 포함된다. 특히 회사를 벗어나 1인 기업을 꾸리면서 이런 걱정에 잠식되는 날이 더 빈번해졌다. 답은 모르고, 미래는 불투명하고…. 눈을 감고 길을 걷는 기분이 들곤 한다.

그럴 때면 당연히 걸음을 내딛기가 어려워진다. 그 자리에 가만히 서서 다음 걸음을 상상하게 된다.

'내 앞에 있는 게 물웅덩이면 어떻게 하지? 늪이면 어떻게 하지? 내리막길이거나 암벽이면?'

물론 이것은 과한 걱정일 뿐이다. 평지를 걷고 있었다면 바로 다음 걸음에 갑자기 물웅덩이나 암벽이 나타날 가능성은 희박할 테니까 말이다.

> 걱정이나 불안을 전혀 느끼지 않는다면 정말 좋겠
> 지만 우리 뇌는 그렇게 배선되지 않았다. 계획을
> 세우고 문제를 해결하며 의사를 결정하도록 돕는
> 회로들이 우리를 걱정으로 몰아가는 바로 그 회로
> 들이다. 위험에서 우리를 지켜주는 회로들은 불안
> 을 야기하는 회로들과 동일하다.◇

　신경과학자 앨릭스 코브가 쓴 《우울할 땐 뇌과학》이라
는 책의 한 구절이다. 앨릭스 코브의 말대로 걱정이 무조
건 나쁜 것이라고 말할 수는 없다. 지금껏 걱정이 나를 신
중하게 만들어줬다. 여러 가지 시뮬레이션을 하게 했고,
조금 더 나은 선택을 할 수 있도록 도왔다. 나의 문제는
걱정 자체라기보다, '너무 많은 걱정'을 '한꺼번'에 한다
는 점이었다.
　그래서 나는 나만의 브레이크 문구를 만들어냈다. 걱
정이 현재를 앞질러 너무 미래로 갈 때, 오만 가지 걱정이

한꺼번에 나를 덮칠 때, 입 밖으로 몇 번이고 반복적으로 되뇐다.

"한 번에 하나씩, 한 번에 하나씩."

그리고 지금 할 수 있는 최선의 일, 그 단 한 가지만을 생각하려고 노력한다. 냉정하게 말하자면, 사실상 내가 할 수 있는 범위는 딱 그만큼이니까.

물론 브레이크 문구가 있다 해도 여전히 빈번하게 걱정에 휘둘린다. 이 책을 쓰는 일도 마찬가지다. 예상보다 원고 쓰는 속도가 느려서, 아직 써야 할 글이 꽤 남은 상태. 지금 가장 중요한 것은 '다음 글을 쓰는 일'이다. 하지만 불쑥불쑥 걱정이 치밀고 들어온다. 예컨대 이런 것들이다. 미리 정해둔 가제와 똑같거나 아주 비슷한 책이 먼저 나오면 어쩌지? (크리에이티브한 걱정이다.) 출판 시장의 흐름이 확 바뀌어버리면 어쩌지? (출판 시장은 봄 날씨가 아니다.) 전체 원고 마감 전에 내가 아파서 입원하면 어쩌지? (…)

그러다 보면 일을 시작하기도 전에, 혹은 하다가 말고,

갑자기 검색을 시작한다. 일러스트 작가는 어떤 분이 좋을지, 여기저기 들여다본다. '이 그림도 좋고 저 그림도 좋아 보이는데 이 작가님이 나와 함께해주실까? 이 그림이 내 글과 잘 어울릴까?' 이렇게 고민하다가 허송세월을 한다.

아니면 최근 잘 팔리는, 사람들이 좋아하는 책이 어떤 것인지 찾아보기도 한다. 나랑 너무 다른 주제와 결을 가진 것 같으면 '사람들이 이제 이런 걸 좋아하는구나! 나랑 너무 다른데 어쩌지?'. 나랑 너무 비슷한 주제와 결을 가진 것 같으면 '내 책이랑 너무 닮았잖아! 사람들이 똑같다고 생각하면 어쩌지?'. 답도 없는 걱정이 새록새록 솟아나 글을 쓸 마음이 안 생긴다.

하지만 그 어떤 걱정도 해결책을 가져다주진 않는다. 결국 제일 중요한 건 '다음 글을 쓰는 일'일 뿐이다. 다음 글을 쓰지 않으면 그다음 글도 쓸 수 없고, 그럼 원고 마감도 할 수 없고, 결국 책도 나올 수 없으니까 말이다.

그러니 다시 "한 번에 하나씩, 한 번에 하나씩"을 주문처럼 되뇔 수밖에. 아무리 급하고 어려운 상황이라도, 누

구나 한 번에 한 가지만 해낼 수 있다. 혹여 나처럼 산만한 걱정에 휘둘리고 있는 사람이 있다면 얘기해주고 싶다. 이제 아무리 마음이 급해도 발끝을 보자고. 다음 걸음을 가장 멋지게, 가장 잘 내딛는 것이, 언제나 내가, 우리가 할 수 있는 최선이니까.

❀ 《우울할 땐 뇌과학》 64쪽, 심심, 2018

한낮의
야광별처럼

.

　요즘 '디에디트(the edit)'라는 매체에 외부 필진으로
글을 싣고 있다. 디에디트는 유튜브에서 영상 콘텐츠를,
자체 웹사이트에서 텍스트 기반의 콘텐츠를 만들고 발행
한다. 에디터 B가 "대학생 때부터 잡지를 좋아해서 주간
지 〈대학내일〉에서 아론 님의 글을 자주 봤다"는 달콤한
말(?)로 나를 끌어들였다.
　오래전부터 에디터로 일해왔으니 여기저기서 새로 생
기고 없어지는 다양한 매체들을 얼추 다 알고 있다. 디에

디트는 시작부터 눈여겨보던 곳이었다. 디에디트가 내세우는 슬로건도 마음에 들었다. '사는(live) 재미가 없다면 사는(buy) 재미라도.' 고개가 절로 끄덕여지는 문구잖아.

그랬던 그들이 2019년 10월에 시칠리아로 떠난다는 소식을 들었을 때, 나는 아차 싶었다. 회사 전원이 통째로, 한 달을, 시칠리아에 가서 일한다니! 외부 필진이 아니라 입사를 하겠다고 해야 했나.

그들이 떠난 서울에서 원고를 열심히 쓰(는 척하)면서 유튜브와 SNS로 일상을 열심히 훔쳐봤다. 거짓말처럼 푸른빛의 바다가 숙소 앞에 펼쳐진 삶. 이탈리아 식전주인 아페롤을 매일 마시는 삶! 진한 이탈리아식 커피와 젤라또가 일상인 삶. 상상만 해도 너무 부러웠다.

그런데 에디터 B의 반응이 의외로 시큰둥했다.

"일만 하는 거라, 엄청 신나지는 않아요. ㅎㅎ"

그 대답에 캐나다 교환학생 시절의 내가 떠올랐던 건 왜일까. 지금 돌아보면 너무너무 아름답게만 기억되는 그리운 날들. 건물보다 더 높고 커다란 도토리나무 아래 누워, 돌아다니는 청설모와 다람쥐를 구경하곤 했지. 눈이

어마어마하게 많이 오는 곳이라, 쌓인 눈 위에 누워 있으면 마치 폭신한 이불을 감싸고 있는 것 같았다. 지루한 시골이었지만 내 생에 가장 수려한 자연에 둘러싸여 지낸 나날이었다.

하지만 우습게도, 그때의 나는 그런 풍경에 감흥이 없었다. 오히려 당장이라도 집에 돌아가고 싶어 못 견뎌했던 모습이 생생하다. 맞아. 에디터 B처럼 시큰둥한 정도가 아니라 그곳을 지긋지긋해했었지?

"여행이 길수록 그 안에서의 낭만은 나중에야 빛나더라고요. 환할 때는 안 보이다가 불 꺼야 반짝거리는 야광별 스티커처럼요. 뜨겁고 환한 시간 한껏 흡수할 수 있기를…."

추억 여행을 하다 보니 에디터 B에겐 다소 당황스러울 수 있는, 감성 넘치는 메시지를 보내버렸다. 당분간은 어딘가로 훌쩍 떠나거나, 낯선 타지에서 긴 시간을 보낼 수 없으리란 현실이 괜히 아프게 다가오는 밤이었다. 현재의 상황은 차치하고라도, 벌여놓은 일이 산더미니 이 모든 걸 모른 척하고 배낭을 둘러멜 순 없겠지. 언제쯤 먼 곳으

로 떠나는 자유를 누릴 수 있을까 곰곰이 셈해보니 마음
이 씁쓸했다.

한 달이란 시간은 놀랍게도 짧아서, 내가 몇 번의 원고
를 마감하는 사이에 에디터 B는 한국에 돌아왔다. 그 소
식을 듣자마자 나는 "만나서 술 한잔해요!"를 외쳤고, 우
리 둘 다 좋아하는 을지로에 위치한 어느 선술집에서 만
났다. (그냥 선술집이 아니라 정말로 서서 마시는 스탠딩 바다.)
그날은 시칠리아에서 돌아온 지 딱 일주일째 되던 날
이었는데, 일주일간 휴가였고 그날이 휴가 마지막 날이라
고 했다.
"오! 뭐 했어요!?"
그러자 그가 웃으며 말했다.
"저 여기 와서 이탈리아 음식 먹으러 다녔어요. 어제는
마르게리타 피자를 먹었어요."
한국에서 먹은 젤라또가 영 아쉬워서 시칠리아에서 먹
었던 젤라또가 먹고 싶어졌다는 얘기도 했다. 나는 깔깔
깔 웃으며 말했다.

"뭐예요, 뭐. 거기서는 그렇게 시큰둥하더니!"

그날 우리는 자리를 옮겨 2차까지 마셨다. 하도 말을 많이 해서 목이 아플 정도였다. 어린 시절 얘기, 가족 얘기, 어쩌다 글을 쓰게 됐는지, 앞으로 뭘 쓰고 싶은지 등등. 그런 얘기를 나누는 사이사이 에디터 B는 몇 번이고 시칠리아 얘기를 꺼냈고, 그리운 눈을 했다.

"거봐요! 야광별이 될 거라고 했잖아요."

"정말 그렇네요, 야광별."

한낮에 천장에 붙어 있던 야광별은 잘 눈에 띄지 않지만, 밤이 되면 놀랍도록 환한 빛으로 어둠을 밝힌다. 그처럼 어떤 곳에서의 나날은 그 안에서는 그저 흘러가는 하루지만, 다른 곳 다른 시간 안에서는 신기하게도 선명한 무언가를 내뿜는다.

술자리가 끝나고 집으로 돌아오는 전철 안에서 생각했다. 야광별은 꼭 여행의 시간 안에만 숨어 있는 건 아닐 거라고. 현재를 살아가는 지금 내 일상 어딘가에도 야광별이 숨어 있을 거라고.

괴롭기만 한 줄 알았던 캐나다 교환학생 시절이 이토록
반짝일 줄 몰랐던 것처럼, 시간이 지나 다른 나날을 살게
되었을 때 그것이 내뿜는 빛을 보고서야 '아, 이 시간들이
내게 있었구나' 하겠지. 그때까지 내가 할 수 있는 건 이
순간을 한껏 흡수하는 것뿐이다. 한낮의 야광별처럼.

하루치의 믿음,
그걸로
충분해

　가지 않았던 길에 당당히 걸음을 내디딜 수 있는 사람
이 몇이나 될까. 적어도 나는 아니다. 부끄럽지만, 가고
있던 길의 다음 걸음조차 '이게 맞는 걸까? 잘 가고 있는
걸까?' 묻고 또 묻는 것이 일상이니까.

　그럴 때마다, 힘을 내서 살아가야 할 시간을 스스로를
의심하며 보내는 것 같아서 속상했었다. '사서 걱정'이라
며 핀잔도 많이 들었다. 나는 왜 나를 믿어주지 않는 걸
까? 다른 사람도 아니고 '나 자신'이라서 뭐라 모진 말도

못 하고 끙끙 앓기만 했다.

얼마 전, 한 달에 한 번 진행하는 독서 모임에서 김연수 작가의 《청춘의 문장들》을 다시 읽었다. 이 책을 처음 읽었던 건 20대가 끝나갈 무렵이었다. 그런데 놀랍게도 30대 중반인 지금, 오히려 더 뜨겁고 아프게 읽혔다.

1999년쯤이었다. 그즈음 나는 내게 돈도 명예도 가져다주지 않을 것이며, 그렇다고 해서 사회나 문학을 쇄신하는 사상이 담기지도 않을 게 분명한 장편소설을 쓰고 있었다. 퇴근한 뒤, 11시부터 새벽 2시까지 매일 써 내려갔다. 그렇게 한 달 정도 썼을 때쯤이었다. 컴퓨터를 바라보다가 고개를 들었더니 밤하늘이 보였다. 문득, 고독해졌다. '나는 지금 소설을 쓰고 있다.' 오직 그 문장에만 해당하는 일을 나는 하고 있었다. 그 소설이 어떤 평가를 받을지, 그 소설로 인해 내 삶에는 어떤 변화가 있을지, 그런 생각은 하나도 들지 않았다. 그저 '나는 지금 소설을 쓰고 있다' 그 문장뿐이었다. 그리고 그때

까지 살아오면서 받았던 모든 상처는 치유됐다.✿

　아름답게만 읽혔던 이 문장들이 이토록 야속했던가.
작가는 이미 지나가버린 시절을 돌아보면서 '치유'를 말
하고 있었다. 하지만 내게는 아무 의미 없을 것 같은 문장
들을 써 내려가던 매일 밤 열한 시부터 새벽 두 시까지의
괴로움과 외로움이 절절하게 와 닿았다. 어쩌면 나 또한,
독자라고는 오로지 나 하나뿐인 이야기를 쓰며 '이게 뭐
하는 짓일까' 하고 울상 짓는 밤들을 겪고 있기 때문인지
도 모른다.

　하지만 그게 전부는 아니다. 반년 넘게 공부해도 더 이
상 늘지 않는 일본어를 들여다볼 때, 디지털 콘텐츠를 만
들기 위해 영상 편집을 배우다가 파일을 통째로 날려버
릴 때, 아침 조깅을 위해 맞춰둔 알람을 꺼버리며 다시 잠
들 때, 나는 똑같이 괴롭고 이렇게 살아가는 나 자신을 믿
을 수 없어 불안해졌다.

　김연수 작가가 적어 내려간 문장처럼, 시간이 지나면
바보 같게만 느껴지는 이 시절도 아름답게 기억될 수 있

겠지. 하지만 나는, 우리는, 그 순간의 한복판에 있기 때문에 흔들린다. 그 '훗날'은 아직 오지 않았기 때문에, 과연 오기나 할는지 믿을 수가 없어서.

멋들어진 '훗날'이란 누군가에게 설레는 꿈이기도, 커다란 욕심이기도, 무거운 책임감이기도 할 것이다. 어떤 형태든 누구도 그 생각에서 자유로운 사람은 없으리라. 내 경우를 들자면, 내가 꿈꾸는 '훗날'은 강박에 가까웠다.

잘 살고 있는 건지 스스로를 믿을 수 없을 때마다, 나는 내가 이뤄야 하는 것들에 매달렸다. 그러지 않고는 아무것도 아닌 것처럼 느껴지는 순간 순간이 너무 괴로워서 버티기 힘들었다. 지금 살아가고 있는 건 무언가를 이루기 위해서라는 믿음이 필요했다. 그렇게 30여 년을 살았다. 나 자체를 믿기 위해 노력해본 기억은 없다. 내가 하고 있는 '무엇'을 믿기 위해 노력했을 뿐.

그게 전부 바보 같은 짓이었다는 걸 뒤늦게 깨달았다. 내일이면 나아질 거야. 취업하면 괜찮아질 거야. 돈을 조금만 더 벌면, 더 높은 위치에 가면, 더 많은 인맥을 가지면…. '지금의 나'를 믿어줄 생각은 하지 않고 내가 믿을 만한 목표를, 그 '훗날'을 찾아다녔다.

하지만 손에 거머쥐기 위해 아등바등했던 많은 목표가 과연 나 자신에 대한 믿음을 만들어줬었나? 하나의 지점에 다다르면 그곳에 있는 건 다음 목표 혹은 또 다른 목표였다. 그럴 때마다 나 자신에게 '믿음'이란 선물을 건네줄 시기를 미뤘다. 그저 이 모든 걸 다 해내면 믿음직스러운 사람이 되어 있을 거라고 짐작했을 뿐이다.

삶이 흔들릴 때, 혹은 중요한 것을 선택해야 할 때, 우리는 우리 자신을 들여다보지 않는다. 언제나 우리가 다다라야 할, 먼 곳을 바라본다. 그래야 한다고 배웠다. 하루빨리 완성형이 되어야 한다고 힘주어 이야기하는 세상 속에서, 방금 틔운 파릇한 싹을 고이 아껴주는 건 쉽지 않은 일이었다.

주변을 둘러봐도 마찬가지다. 글을 쓰고 싶어 하는 사람에게는 어떤 이야기를 쓸지, 어떤 책을 낼지, 등단은 언제 할지, 어떻게 유명해질지 묻는다. 영어를 잘하고 싶은 사람은 토익이나 토플 점수로 인정받기 위해 노력한다. 운동을 시작했다고 하면 '식스팩' 얘기부터 꺼낸다.

실은 그게 아니라, 오늘도 내일도 모레도 글을 쓰는 나, 마음에 드는 영어 한 문장을 되뇌는 밤, 느릿느릿 뛰면서 느끼는 새벽 공기의 시원함. 이런 작고 명확한 순간들이 '진짜'인데, 더 소중하고 생생한 것인데…. 극단적으로 말해서, 삶은 오로지 그런 순간으로 이뤄져 있다. 하지만 나는 저기 멀리에 어떤 대단한 것이 있다고만 생각하며, 거기 가지 못한 나 자신을 책망하고 믿어주지 않았다. 아주 오랫동안 그랬다.

이제는 이 모든 걸 알게 되었지만, 알면서도 여전히 나를 믿지 못해 불안한 날은 존재할 것이다. 꼭 쥐고 있으려고 노력해도 내 손안의 믿음을 놓치게 되는, 그런 버거운 순간이 분명 있을 테니까. 그럴 때 내가 할 수 있는 일은 좌절하고 불안한 만큼 또 하루치의 믿음을 찾아내는 것, 그런 매일을 이어가는 것이라고 생각한다.

'내가 잘할 수 있을까?' 싶어 불안해하는 내 마음 때문에 속상해하고 주저앉는 게 아니라, 멍투성이 무릎이라도 또 한 걸음 나아가려고 일어서야지. 세상에는 나 자신을 믿지 못하게 방해하는 것들이 너무 많다. 그럼에도 불구하고 스스로를 믿으려 애쓰고 결국엔 믿게 될 네가 대단한 거라고, 그 말을 우리에게 매일 해주고 싶다.

❀ 《청춘의 문장들》66-67쪽, 마음산책, 2004

나에게도 좋은 사람이 될게요

Part 4

나를 돌보는
다정한
개인주의자가 될래

스스로를
다독일 줄 아는
사람

여름의 초입에 사나운 비가 며칠이고 이어졌던 때가
있었다. 나는 비를 무척 싫어해서 비가 온다는 소식만 들
어도 기분이 엉망이 되는 사람이라, 그런 날이 유난히 버
거웠다. 나 자신을 버려두지 않겠다고, 잘 돌보겠다고, 밤
마다 일기장에 꾹꾹 눌러썼지만 아침이 되면 다 소용없
었다. 볕이 들지 않는 희미한 어둠 속에서 창문을 거칠게
두드리는 빗소리에 매일 잠을 깼다. 일어나서 씻어야 된
다는 걸 아는데도 몸이 말을 듣지 않아서 몇 시간이고 이

불 속에 시체처럼 누워 있었다. 그렇게 아침이 지나고 오후가 되면, 아무것도 하지 못한 채로 시간을 보냈다는 죄책감에 눈물이 찔끔찔끔 났다. 대체 비가 뭐라고, 이 습기가 뭐라고, 이 어둠이 뭐라고. 단지 날씨일 뿐인데. 이깟 사소한 것에 속수무책 당하고 있는 나 자신이 너무 싫었다. 나약해 보였다.

그렇게 며칠을 끙끙 앓으며 보내던 어느 날, SNS에서 어떤 문장을 마주쳤다.

"우울증을 앓는 분들! 내일부터 장마가 시작됩니다. 우리는 비가 오면 몹시 우울해지기 때문에 내일부터 당분간 심하게 우울해지고 무기력해질지도 몰라요. 하지만 그 모든 증상은 당신의 잘못이 아닙니다. 날씨 탓이니 잘 버티고 있다며 스스로를 다독여주세요."

순간 눈물이 울컥 쏟아지려는 것을 참았다. 나만 이런 게 아니구나. 잘못된 게 아니구나. 안심이 되고 기뻤다. 그리고 그 글에 달린 수많은 댓글을 본 순간 참았던 울음이 터졌다. 감사하다는 말, 다 같이 힘내보자는 응원의 말, 쉽게 나아질 순 없지만 혼자가 아니라고 믿으며 힘내겠다는 말…. 나만큼이나 마음을 다독이는 일이 필요한 사람들이 그곳에 있었다. 그것도 꽤 많이.

　주위를 돌아보면 내가 '비 오는 날씨'에 괴로워하는 것처럼, 계절의 변화에 민감한 사람(예컨대 봄이나 가을을 타는 사람)이 있다. 혹은 잠이 조금이라도 부족하면 남보다 힘들어하거나, 조금의 허기에도 마음이 날카로워지는 경우도 보았다. 다른 사람에게는 아무렇지 않지만 자기 자신에게는 유독 괴로운 말, 진저리 처지는 장소, 마음이 자주 망가지는 시간을 가진 사람도 있다.

　남들에게는 괜찮은데 나에게만 취약한 어떤 지점이 있을 때, 그 부분을 보호해주고 달래주고 응원해주며 조금이라도 씩씩하게 버텨낼 수 있게 도와주는 게 가장 이상적인 모습이다. 하지만 (나를 포함한) 대부분의 사람은 완전히 반대로 행동한다. '왜 이렇게 나약한 거야. 아직도 이딴 것에 휘둘리니?'라며 자신을 책망하고 구박하고 외면한다. 그리고 타인에게는 보여주지 않으려 한다. 주로 '나만' 예민한 부분이기 때문에 설명한다 해도 상대에게 이해받기 어렵기 때문이다. 그러면 결국 고립되는 건 나 뿐인데도 말이다.

나는 용기를 내서 가족, 친구, 주변의 아끼는 사람들에게 "비 오는 날이 너무 힘들다"고 취약한 부분을 솔직하게 드러내기 시작했다. 실은 엄마에게는 몇 년 전부터 이미 이야기해뒀고. 그랬더니 엄마는 비 오는 날마다 내게 전화해 기분이 괜찮은지 물어봐주었다. 그 따뜻한 경험이 나에게 자신감을 주었다.

물론 무시하거나 나를 '까탈스러운 애'로 생각하는 사람들도 있을 것이다. 하지만 비가 올 때마다 (한 번도 빼놓지 않고) 다운되는 내 모습을 본 사람들은 진심으로 마음을 써주곤 했다. "따뜻한 물로 씻고 일찍 자, 내일은 날씨가 맑대" 하고 다독여주는 사람, "창문 다 닫고 빗소리 안 들리게 하고 봐" 하며 좋은 영화를 추천해주는 사람, 대뜸 좋아하는 음악이라며 유튜브 링크를 보내주는 사람, "비 오는데 괜찮아?" 하고 물어봐주는 사람….

만약 '비 오는 날에 유난히 우울하고 무기력해지는 사

람'이 내 가족이었다면, 친구였다면, 나와 가까운 사람이었다면, 나는 나 자신에게 했던 것처럼 모질게 굴었을까? 아마 아니었을 거다. 괜찮은지 물어보고, 나아지길 바라는 마음으로 이것저것 알려주고, 다정한 말로 응원해줬을 거다.

다른 사람을 아끼는 만큼 나 자신도 아끼고 싶다. 앞으로 살아가면서 나만 알고 타인은 모르는 크고 작은 약점이 계속 생겨날 텐데, 그때마다 스스로를 몰아세우는 사람이 아니라 다독일 줄 아는 사람이 되고 싶다. 그런 날 하나하나가 차곡히 쌓이면, 나는 이 삶을 무사히 버텨내는 사람이 될 수 있을 테니까.

내게
가장 건강한
마음

"아, 오늘 왜 이렇게 입을 옷이 없지?"

세상 모든 옷장 앞에서 매일 아침 들려오는 익숙한 탄식에 문득 정신을 차린 건 초봄의 어느 오후였다. 봄이 올까 말까 고민하는 것이 선명하게 느껴질 정도로 날이 좋았다.

'이제 겨울이 끝나가는구나.'

약속도 없지만 이런 날에는 마음에 드는 옷을 입고 카페라도 나가야 한다. 나와의 데이트, 그런 낯 간지러운 단어도 근사하게 들릴 수 있는 날씨는 쉽게 만날 수 있는 게 아니니까.

하지만 옷장을 여니 정말로 입을 게 없었다. 새 옷을 입고 싶은 것도, 멋지게 차려입고 싶은 것도 아닌데. 어떻게 이 날씨, 이 기분에 맞는 옷이 하나도 없을 수 있지? 급기야 옷장 안에 있는 옷을 다 꺼내 바닥에 주욱 늘어놓았다. 그 순간 깨달았다.

검은색, 검은색, 회색, 검은색, 남색, 검은색, 회색… 칙칙하고 어두운 무채색의 향연이었다. 어두운색을 좋아하는 것도 아닌데, 이게 대체 무슨 일이람! 색색의 화려한 꽃무늬 원피스, 빨간색의 땡땡이 블라우스, 샛노란 니트. 분명 그런 옷을 입은 적도 있는데 다 어디 간 거지? (나중에 계산해보니 거의 3년 반 전의 일이었다.)

입고 나가면 마치 봄을 온몸으로 거부하는 사람처럼 보일 듯한 어두운 옷에 뱅 둘러싸여 주저앉은 채로, 그 옷을 매일 입고 나갔던 1년여 전의 나를 떠올렸다. 어른스러워 보일 것, 무난해서 남의 입에 오르내리지 않을 것, 약해 보이거나 만만해 보이지 않을 것…. 그런 기준에 따라 옷을 고르고 입던 날들. 하지만 그건 내가 좋아하는 옷이 아니었다. 그 시절의 나는 왜 카멜레온처럼 눈에 띄지 않는 보호색이 필요했던 것일까?

입사 후 시간이 지날수록 회사 안에서의 관계는 복잡해졌고, 완벽한 해결이란 있을 수 없는 미묘한 트러블이 곳곳에 남아 있는 게 느껴졌다. 사람들은 서로 질투하고 시기하기도 하고, 가까웠다 멀어지기도 하고, 새로운 관계를 만들었다 와해시키기도 했다. 여럿이 모여 일을 하다 보면 자연스레 겪을 만한 환경의 변화지만, 그런 매일 속에서 사람이 사람에게 상처 입히는 것을 목격해야 했다. 당연히 피해자가 내가 되는 날도, 가해자가 내가 되는 날도 있었다.

'그럴 수도 있지'라고 생각하려 노력했고, 어느 정도는 이해하고 받아들였다고 믿었다. 하지만 아니었다. 특히 사람들이 하는 말이 내 안에 차곡차곡 쌓여갔다. 내게 하는 말이 아니라도 그랬다.

"○○이는 멘탈이 약해서 안 돼."

"○○이는 조금만 뭐라 해도 금방 상처 입어. 애가 예민해서 좀 그렇지 않아?"

사람들은 몇 마디의 말로 쉽게 타인을 '후려쳤다'. 처음엔 당사자가 아닌 내가 나서서 반박하기에는 우스운 꼴이라 입을 다물었다. 하지만 그런 일이 반복되자 점점 '나는 저런 말을 듣지 말아야 한다'는 강박이 생겼다. 강해져야 한다고, 상처받으면 안 된다고, 지치지 않아야 하고 단단해져야 한다고. 그걸 위해 내 안의 어떤 면을 무디게 만들려고 발버둥 쳤다. 그때는 그래야 하는 줄 알았다. 약하고, 여리고, 쉽게 상처받고, 흔들리는 건 내 잘못이라고 믿었으니까.

가장 건강한 마음이란 쉽게 상처받는 마음이다. 세상의 기쁨과 고통에 민감할 때, 우리는 가장 건강하다. 때로는 즐거운 마음으로 조간신문을 펼쳤다가도 우리는 슬픔을 느낀다. 물론 마음이 약해졌을 때다. (중략) 자신은 지치지 않는다고 말하는 사람들은 서로를 이해하지 못한다. 하지만 약한 것들은 서로의 처지를 너무나 잘 안다. 그러고 보니 나는

여리고, 쉽게 상처받고, 금방 지치는 사람이다. 다행히도 원래 우리는 모두 그렇게 태어났다.◎

김연수 작가의 에세이 《지지 않는다는 말》에 있는 한 구절이다. 회사를 나오고 반년쯤 지난 뒤에야 당시 내 마음이 건강하지 못했다는 것을 깨달았다. '억지로 강해지려 하는 마음', '상처받지 않은 척하는 태도'로 뒤틀린 나는 똑같은 방식으로 스스로와 타인을 상처 입힐 수 있는 사람이 되어갔다. 김연수 작가의 말처럼 "자신은 지치지 않는다고 말하는 사람들은 서로를 이해하지 못"하기 때문이다. 이해하기 위해 마음의 문을 열었을 때 쏟아져 들어올 것들이 두려워서, 그 문을 꽁꽁 잠가두는 쪽을 택하는 사람. 누구나 주변에서 그런 사람 한두 명쯤은 쉽게 떠올릴 수 있을 것이다.

물론 자기 자신을 보호하기 위해 상처받지 않으려고, 약해지지 않으려고 방어적이 될 수 있다. 하지만 그것이 습관이 되고 태도로 굳어지면 망가져버린다. 마음이 흔들리지 않기 위해 다른 사람을 이해하려는 노력을 그만두고, 타인의 아픔을 약함으로 치부해버리고, 지치지 않기 위해 자신의 마음마저 못 본 척하게 된다. 자기 자신의 강함을 지키기 위해 제대로 듣지도 대화하지도 않는 사람이 되어가는 것이다. 김연수 작가의 말대로 원래 우리는 모두 "여리고, 쉽게 상처받고, 금방 지치는 사람"으로 태어났는데도 말이다.

회사 일에 한창 몰두할 때는 가급적 슬픈 이야기를 듣지 않으려 했었다. 뉴스 속의 가슴 아픈 사연, 후배들의 지치고 힘들어하는 목소리, 심할 때는 마음을 일렁이게 하는 다양성 영화도 보지 않았다. 그런 것에 마음이 무너지면 일할 때 집중도 안 되고, 일상생활이 버거워진다는 변명을 해가면서.

하지만 계속 그렇게 살아갔다면 나는 지금 어떤 사람이 되었을까. 누군가 사회적으로 피해받는 사람들의 이야기를 꺼내면 "그런 얘기는 뭐 하러 하나"고 핀잔을 주고, 일상에 지쳐 자신의 마음을 터놓는 사람에게 "그런 약한 소리 하지 말라"며 "원래 다 그렇게 사는 거"라고 충고하는 어른이 되었을지도 모른다.

　지난날의 나를 반면교사 삼아, 더 이상 '억지로 나의 강함을 지키려는 사람'이 되지 않으리라 다짐했다. 자기방어를 방패 삼아 다른 사람을 밀치고 넘어트려서 상처 입히지 않도록 노력하기로 했다. 쉬운 일이 아닐지 몰라도, 끝까지 쉽게 상처받는 사람으로 살아가고 싶다고, 그런 요상한(?) 바람을 가지게 되었다. 언제나 일상은 예상보다 더 거칠고, 언젠가 또 맹수인 척 어금니를 드러내야 하는 날이 분명 있을 것이다. 하지만 언제든 내가 가진 가장여린 자리로 금세 돌아올 수 있을 만큼만, 딱 그만큼만 건강하게 단단해지고 싶다.

✿ 《지지 않는다는 말》 42쪽, 마음의숲, 2018

'아니에요'
안 하기 운동

    얼마 전에 본 영상에 인상적인 장면이 있었다. 오래전부터 솔로로 활동하던 가수 선미가 〈문명 특급〉이라는 웹 예능 프로그램에서 연반인(연예인+일반인의 합성어) 재재와 인터뷰를 하는 영상이었다. 알고 보니 선미는 '원더걸스'로 활동하던 때부터 작사·작곡에 참여했고, 이제는 본인의 곡을 직접 만들고 있었다. 게다가 무대와 의상 등 전반적인 앨범의 방향까지 프로듀싱하는 능력까지! 알고 있던 것보다 더 다재다능했다.

"이걸 대대적으로, 대문짝만하게 알려야죠! 천재야, 천재"라고 칭찬하는 재재의 말에 선미는 손사래를 치며 "아니에요"라고 답했다. 재재는 선미가 파리에 있는 디자이너와 영감을 주고받으며 무대 의상을 함께 기획하는 능력에 대해서도 칭찬했는데 대답은 똑같았다. "아니에요."

반복되는 "아니에요" 반응에 재재는 "사실인데 왜 자꾸 아니라고 그러시냐"며 답답해했다. 선미는 안 그래도 그게 고민이라고 했다.

"그럼 '아니에요'를 하면 안 돼요! '맞아요. 아니까 그만 좀 말하세요'라고 하셔야죠!"

장난스러운 재재의 대답에 깔깔 웃는 선미를 보며 나도 함께 웃었지만, 가슴 한구석으로 뭔가 찔린 듯한 기분이 들었다.

사실 20대 초반에 나도 선미와 비슷한 고민을 했었다. 누군가에게 칭찬을 받으면 손사래부터 치고 몸 둘 바를 몰랐으니까. 칭찬이란 나를 높이 평가하는 말인데, 오히려 칭찬 앞에 서면 한없이 작아지기만 했다. 그러다 보니 상대방은 나의 장점을 칭찬하며 치켜세우고, 나는 그게 아니라며 깎아내리는 이상한(?) 장면이 연출될 때도 있었다.

"피부가 정말 희고 고와요!"라는 말에 "아니에요. 화장 지우면 별로예요. 그래서 조그마한 트러블만 생겨도 금방 눈에 띄고, 홍조도 심해요"라면서 되려 단점을 나열하기도 했다. 지금 생각해보면 내 대답 때문에 칭찬해준 사람도 민망했을 것 같다.

그래서 직장인이 되면서 결심했다. 누군가의 칭찬에 "감사합니다"라고 말할 줄 아는 사람이 되자고. 주간지 에디터는 새로운 사람을 정말 많이 만나는 직업이다. 그래서 가벼운 칭찬을 섞은 스몰토크를 할 일이 많은데 그럴 때마다 손사래를 치며 나를 깎아내리고 싶지는 않았다. 칭찬은 순순히 받되, 그만큼의 칭찬을 상대방에게도 돌려주고 싶었다. 그러려면 칭찬 앞에서 "아니에요"가 아니라 "감사합니다"라는 말을 먼저 할 줄 알아야 했다. 그리고 필요한 것이 하나 더 있다. 언제든 칭찬을 돌려줄 수 있게 상대방의 좋은 점을 단번에 찾아두는 명민한 눈.

에디터 생활을 하면서 칭찬을 받아들일 줄 아는 사람이 됐다고 생각했는데, 나는 왜 선미의 고민에 '또' 찔렸을까? 곰곰이 생각해보니 답이 보였다. 내가 받아들이는 칭찬의 범위가 한정되어 있었던 것이다. 주로 외형적인 것, 스몰토크에 나올 법한 가벼운 칭찬의 말에는 "감사해요"라는 대답이 쉽게 나왔다. 피부, 목소리, 이름, 그날 입은 옷이나 들고 나간 가방, 취향이 드러나는 만남의 장소 선택 등. 하지만 다른 칭찬의 말 앞에서는 그렇지 못했다. 특히 일이나 능력에 관한 칭찬에 대해선 더 심했다.

누군가 내 글을 읽고 공감하는 부분을 언급하며 칭찬할 때, 나의 향수 브랜드 '아로'의 성장세를 눈여겨보고 칭찬할 때, N잡러로서 일상을 꾸려가는 방식에 대해 칭찬할 때…, 여전히 내 입에서는 "아니에요"가 먼저 튀어나왔다.

"아니에요~. 세상에 글 잘 쓰는 분들이 얼마나 많은데요."(여전히 나를 깎아내리고 있다.)

"아니에요~. 열심히는 하는데 제대로 된 수입을 얻으려면 아직 멀었어요."(칭찬한 포인트와 다른 전혀 쓸데없는 답변을 한다.)

"아니에요~. SNS에서나 그렇게 보이지 실제로는 엉망이에요." (이렇게까지 고해성사할 필요는 없지 않나?)

나아진 줄 알았는데 착각하고 있는 거였어! 여전히 칭찬을 받아들이기는커녕, 나 자신을 깎아내리고 있잖아? 충격을 받고 친구들에게 토로했는데, 다들 조언해주기보단 공감하는 분위기였다. 친구들 또한 칭찬받는 게 좋으면서도 막상 그 자리에선 부끄럽고 민망해서 아니라는 말부터 한다고 했다.

아무리 겸손이 미덕이라지만 자꾸 그렇게 대응하면, '겸손하고 좋은 사람이군' 하는 긍정적 평가보다 자신감 없다는 느낌을 주거나 더는 칭찬해주고 싶지 않은 사람이 될 가능성이 높다는 걸 안다. 게다가 알게 모르게 자기 최면처럼 그런 말이 내 무의식에 자리 잡을 수도 있을 테고.

그래서 더 이상 이러지 말자는 의미에서 친구들과 '아니에요 안 하기 운동'을 선포했다. 누군가 칭찬을 해줬을 때, 대답이 좀 느려지거나 버벅거려도 괜찮으니 "아니에요"라는 말만은 먼저 하지 않기로. 그리고 그걸 서로 공유하기로 했다. 어떤 칭찬에 어떻게 대답해야 할지 아직은 익숙하지 않지만, 각자의 경험을 함께 공유하다 보면 어떤 답변이 좋을지 자연스레 머릿속에 시뮬레이션이 되는 날이 오지 않을까?

그러다 보면 언젠가 '아니에요 안 하기 운동'에 종지부를 찍어도 될 정도로 칭찬을 받아들이는 데 자연스러워질 수 있을 것이다. 그때쯤엔 스스로를 덜 깎아내리고 더 인정해줄 수 있는 사람이 되어 있겠지. 그때까지는 손사래도 얼버무리기도 쓸데없는 고해성사나 나 자신 깎아내리기도, 칭찬하는 말에 "아니에요"라고 답하는 것도 모두 금지하는 걸로. 절대 금지!

인간관계에도
디톡스가
필요해

그런 말을 들었다. 사람을 변화시킬 수 있는 세 가지 방법이 있는데, 첫 번째는 사는 곳을 바꾸는 것이고, 두 번째는 만나는 사람을 바꾸는 것이고, 세 번째는 먹는 음식을 바꾸는 것이라고. 그럴듯한데? 고개가 절로 끄덕여졌다. 인간이란 본디 쉽게 변하지 않으니까, 중요한 환경이 달라져야 제대로 된 변화도 가능할 것이다.

내가 SNS에서 본 디톡스 주스에 마음을 홀딱 빼앗긴 것도 그 말을 떠올렸기 때문이다. 사는 곳도 만나는 사람도 바꾸기 어려우니까 먹는 걸 바꾸겠단 결심이랄까. 그 무렵 슬금슬금 불어난 몸 상태도 결정에 한몫했다.

디톡스 주스란 매분 매초 농땡이 칠 궁리만 하는 나와는 달리, 열심히 먹고 마시는 주인 덕분에 잠시도 쉴 틈 없이 일하고 있는 위장에게 '휴식기'를 선물하는 것이라는 문구에 마음이 혹했다. 맞아 맞아. 낮에는 대충 먹고 저녁에는 술과 음식을 잔뜩 흡입하길 반복했으니 내 위장이 그동안 얼마나 피곤했겠어. 위장한테도 휴식이 필요할 거야. 그리하여 평소에 거의 먹지 않는 신선한 야채와 과일을 착즙했다는 디톡스 주스 한 박스가 내 앞에 당도하게 되었다.

결과부터 말하자면 3일간 디톡스 주스를 마신 결과 약간의 감량 효과가 있었지만, 시간이 지나자 (당연히) 원래 몸무게로 돌아갔다. 아쉬운 일이지만 그래도 내게 남은 게 전혀 없지는 않았다. 한 번도 다이어트다운 다이어트를 해본 적 없는 내가 처음으로 '의도적 허기'를 느끼는 경험을 한 것이다. 꼬르륵꼬르륵 음식을 넣어달라는 우렁찬 소리와 몸을 배배 꼬게 만드는 배고픈 감각이 지나가자 신기하게도 가벼운 허기에 익숙해졌다. 이거구나. 덜어내는 것, 비워내는 것, 채우지 않고 여백으로 두는 것, 그렇게 쉽게 하는 것…. 글로만 읽었던 관념적인 것들이 몸으로 느껴지니 좀 더 선명하게 다가왔다. 하지만 정작 '의도적 허기'가 필요한 것은 다른 곳에 있다는 걸 곧 깨달았다. 바로 인간관계였다.

오랫동안 회사 생활을 한 데다가 에디터라는 직업이 사람을 많이 만나는 일이기 때문에, 주변에는 항상 사람이 많았다. 사람을 좋아하는 내 성향 또한 한몫했다. 주로 내게 위로가 되어주고 힘을 얻게 해주는 인간관계지만, 언젠가부터 과부하에 걸렸다는 것을 느끼고 있던 참이었다.

그 무렵 나는 속이 더부룩한데도 계속해서 음식을 집어넣는 것처럼 습관적으로 약속을 잡고 사람들을 만났다. 그러다 퇴근 시간이 가까워지면 갑자기 약속을 취소하고 집에 혼자 있고 싶은 욕구에 시달리곤 했다. 그런 만남이 스스로에게 좋을 리 없었다. 웃고 떠들었지만 집에 돌아오는 길에는 오히려 뭔가를 잃어버렸다는 기분에 사로잡혔다. 우스운 일이었다.

사적인 관계에서 느꼈던 과부하는 곧 공적인 관계, 직장 생활로도 넘어왔다. 사적인 관계와 달리 내가 선택한 만남, 내가 선택한 사람, 내가 선택한 커뮤니케이션 방법이 아니기 때문에 괴로움은 배가되었다. 일을 하면서 누군가와 부딪힌다는 것이 꼭 인간적인 충돌이 아니라는 걸 이미 깨친 상태인데도 마음이 머리를 따라주지 않았다. 어떤 날은 사무실 안에서 숨 쉬는 것마저 수월하지 않아서 옥상에 올라가 심호흡을 하고 내려오기도 했다. 정상이 아니었다.

이제는 사람이 싫어지고 있구나. 어느 금요일 밤, 애정해 마지않는 친구를 오랜만에 만나고 돌아오는 길에 그런 생각이 들었다. 마음이 망가지니 보고 싶던 친구를 만나도 대화가 자꾸 겉도는 게 느껴졌다. 결국 사소한 말에 쓸데없이 혼자 상처받고 씁쓸함을 삼켰다.

그날 이후 내 일정을 다 비웠다. 있던 약속도 한 달 뒤로 미루거나, 조만간 다시 연락하겠다고 양해를 구했다.

사실 그게 어떤 '디톡스 효과'가 있으리라 기대한 건 아니었다. 내가 사람들을 찌를까 봐, 다치게 할까 봐, 그래서 모든 걸 망칠까 봐 내린 특단의 조치였다. 폐 끼치고 싶지 않았다. 그 마음을 지키기 위해 혼자를 견뎠다. 하루 이틀쯤이야 괜찮았지만 날짜가 늘어날수록 낯설고 괴로웠다. 종일 혼자 있게 된 주말에는 이유 없이 펑펑 울기도 했다.

다행히 그 기간이 지나자 좀 더 편안해졌다. 단식할 때 속 쓰림과 꼬르륵거리는 소리가 잦아들면 오히려 몸이 가벼워지는 것처럼, 마음도 딱 그런 느낌이었다. 그렇게 여유가 생기자 심심한 시간 사이사이로 지난 일들과 사람들이 흘러들어왔다. 미워서 그냥 구겨 처박아두었던 사람도 펼쳐서 찬찬히 들여다보고, 자주 마주쳐야 하기에 상처받지 않은 척해야 했던 사람과의 관계도 되짚어봤다. 멍하니 있다가 내가 잘못 내뱉었던 부끄러운 말이 떠올라서 소스라치게 놀라거나 오래된 사람들과 함께한 사진을 찾아보며 그리움을 회복하기도 했다.

그러고 나니 언제랄 것도 없이 '아, 이젠 됐다' 하는 마음이 드는 때가 찾아왔다. 오래된 체증을 내려놓고 한층

홀가분해진 기분으로 내 자리를 찾아갈 수 있었다. 그동안 왜 이 생각을 못 했을까! 이유를 곰곰이 생각해보니, 두려웠던 것 같다. 내가 혼자를 자처하는 동안 사람들이 멀어질까 봐, 홀로 보내는 시간이 너무 외롭고 우울할까 봐. 그리고 불신도 있었다. 며칠 혼자 있는다고 뭐 달라지겠어? 달라진다 한들 금방 돌아오겠지.

물론 우리는 평생 수많은 인간관계를 벗어날 수 없다. 하지만 잠시 단식을 하면서 내 몸을 좀 더 선명하게 느꼈던 것처럼, 잠시 인간관계 휴식기를 갖는 동안 타인을 배제한 나 자신에 대해 생각할 기회가 생겼다. 스스로도 인식하지 못했던, 그래서 자연스럽게 여겼던 크고 작은 얼룩이 그제야 눈에 띄었다.

우리는 가장 가까운 가족과 연인, 오래된 친구, 매일 보는 동료들(직장에서든 학교에서든)과 낯선 타인들 사이에서 끊임없이 관계를 맺고 산다. 그 안에서 상처받지 않는 사람은 없고 동시에 다른 사람에게 상처주지 않는 사람도 없다. 때로는 시시비비를 가리고 관계를 정리해야 할 때도 있겠지만, 서로 받아들이고 이해하며 자연 치유에 맡겨야 하는 경우도 많다.

하지만 가까이 있으면 그조차 쉽지 않을 때가 있다. 아무리 맛있는 음식도 끊임없이 우겨넣으면 속에서 탈이 나는데, 이 많은 사람 속에서 가끔은 잠시 쉬어가 주어야 계속해서 건강한 마음 상태를 유지할 수 있는 것 아닐까. 적절한 사회생활을 위해서, 내 소중한 사람들을 위해서, 그리고 가장 중요한 나 자신과의 관계를 위해서 말이다.

각자의 자리에서
'함께'
살아가기

얼마 전 술을 마시며 한참 이야기를 나누는데 문득 친구가 외롭다는 말을 했다.

"그거, 방금 내가 하려던 말이었어."

내가 대답하자 친구가 깔깔대며 웃었다. 열일곱 살에도, 스물다섯 살에도, 서른한 살에도 외롭긴 했지만, 점점 더 외로워지고 있음을 머리로도 마음으로도 깨닫고 있다.

10대 때는 좋든 싫든 강제로 한 반에 묶여 있던 아이들. 어쨌거나 비슷한 환경의 친구들에게 둘러싸여 있었다. 아무나 잡고 고민을 털어놓아도 대충 다 알아듣고 공감했다. 공부가 힘들고 담임이 싫고 꿈은 없고 놀고 싶고…. 그다지 넓지 않은 삶의 영역 안에 있는, 뭐 그런 얘기들이었으니까.

20대 초중반에는 아주 똑같진 않지만 그렇다고 아주 별나지도 않은 경계에 모두가 걸쳐 있었다. 졸업이나 연애 혹은 취업처럼, 상황은 조금씩 다르지만 설명만 잘하면 서로 이해하고 공감하는 데 문제없는 정도랄까. 전공은 달라도 누구나 시험 기간에 과제가 겹쳐서 팍팍했고, 연애는 늘 개판이었고, 취업 준비는 아무리 열심히 해도 부족하긴 마찬가지였으므로.

하지만 소속된 사회의 경계가 점점 희미해지는 20대 중후반 시절을 지나며, 우리는 각자의 세상을 견고히 쌓아나갔다. 강제로 주어졌다고 생각했던 가정환경뿐만 아니라, 운과 실수로 주어졌던 수많은 경험, 우리가 거쳐 왔고 우리를 거쳐 갔던 사람들, 그리고 그들이 남긴 아주 오래갈 흔적들, 타고난 감각과 사소한 이유로 형성된 취향과 그걸 망가뜨리기도 발전시키기도 했던 경제적·사회적 환경….

  그런 것이 착실하게 쌓여가며 자기만의 사연과 사정이
있는 사람이 되어간다. 다행히도 가끔은 그 벽이 허물어
지는 일이 생기는데, 그건 주로 연애였다. 타인이었던 사
람을 내 삶에 들여놓으려 하고, 나 또한 상대의 삶 속에
들어가려 애쓰는 달콤한 날들. 서로의 취향과 생각에 대
해 공유하고 스킨십을 하고 함께 시간을 보낼 때, 마치 두
사람이 하나의 존재처럼 느껴져서 외로움을 잊기도 했다.
하지만 그런 낭만적 순간이 연애의 전부는 아니었다. 오
래도록 함께 지낼 동반자로서 서로가 다른 사람임을 인
정하는 과정 또한 꼭 필요했다.

  그렇게 서른을 넘어서며 깨달았다. 우리는 점점 하나
의 섬이 되어가고 있다는 사실을. 내가 아니므로 누구도,
나와 똑같이 살아오지 않았다. 내가 아니므로, 누구도 나
와 똑같이 느낄 수 없었다. 내가 아니므로, 누구도 나를
완벽하게 이해해줄 수 없다. 누구도 나의 전부를 받아들
일 수 없다. 나도 나를 받아들이기 힘든 것은 차치하고서
라도.

나이 들수록 점점 더 외로워지고 있다. 언젠가부터 그 사실을 확신할 수 있게 되었다. 가끔 주변을 둘러보며, 그곳에서 가장 나이 많은 사람의 외로움을 헤아려보기도 했다. 나 또한 그렇게 외로워질 것이다. 또래와 공유했던 시대감각은 점점 흐려질 것이고, 인간관계든 사회관계든 모든 거미줄이 느슨해지거나 이익을 따지게 될 것이다.

결혼 후엔 사회가 연애를 허락하지 않을 테니 낯선 이를 내 삶에 받아들이며 벽을 허무는 일은 없을 것이다. 게다가 각자의 가정에는 질서와 이해관계가 생기기 마련이다(설사 1인 가정이라 하더라도). 그게 때때로 우리를 고립시키리란 예감도 틀리지 않을 것이다.

그래서 필요하다고 생각한다. 이유 없이 시간을 내어주고, 이야기를 들어주고, 서로가 가진 외로움의 컴컴한 구멍을 같이 들여다봐줄 존재들이. 끝끝내 사라지지 않고 계속해서 커질 이 절망적인 어둠을 낄낄대고 웃으면서 혹은 궁상맞게 투덜대면서 함께 바라볼 수 있는 사람들, 가끔은 서로의 눈을 가려주기도 하는 그런 사람들이 있어야 한다. 많으면 많을수록 좋다. 친구라는 이름으로, 아니 꼭 그런 이름이 아니라도.

최은영 작가의 《쇼코의 미소》라는 단편집이 있다. 그 중 〈언니, 나의 작은, 순애 언니〉라는 단편에서 이런 구절을 읽었다.

> 이십대 초반에 엄마는 삶의 어느 지점에서든 소중한 사람들을 만날 수 있으리라고 생각했다. 어린 시절에 만난 인연들처럼 솔직하고 정직하게 대할 수 있는 얼굴들이 아직도 엄마의 인생에 많이 남아 있으리라고 막연하게 기대했다. 하지만 어떤 인연도 잃어버린 인연을 대체해줄 수 없었다. 가장 중요한 사람들은 의외로 생의 초반에 나타났다. 어느 시점이 되니 어린 시절에는 비교적 쉽게 진입할 수 있었던 관계의 첫 장조차도 제대로 넘기지 못했다. 사람들은 약속이나 한 듯 이 생의 한 시점에서 마음의 빗장을 닫아걸었다. ✿

마치 내 이야기 같아서 눈물이 핑 돌았다. 잃어버린 인연들, 잃어가고 있는 것 같은 나의 소중한 사람들이 차례로 떠올랐기 때문이다. 그들의 자리가 영영 채워지지 않은 채로 살아야 한다면 어떨까? 상상하자 외로움이 밀려와 온몸에 한기가 돌았다. 인간과 인간이 각자의 자리에서 '함께' 살아간다는 것, 그 '함께'가 인생에 있어 얼마나 귀중하고 따스한 것인지….

어쩌면 '함께'라는 건 사소하고 별 의미 없는 일처럼 보일지도 모른다. 예전에 〈알쓸신잡〉에서 김영하 작가가 "마흔이 넘어서 알게 된 사실 하나는 친구가 별로 중요하지 않다는 것"이라는 말을 했다. "자기 자신의 취향에 귀 기울이고 영혼을 좀 더 풍요롭게 만드는 게 더 중요하다"는 그의 마지막 말에는 고개를 크게 끄덕였지만, 그렇게 살 순 없을 것 같았다.

나는 친구들과 대화하며, 죽으면 없어져버릴 나란 사람의 역사를 공유하는 순간이 좋다. 거대한 우주의 먼지만도 못한 존재라지만 내 인생에 친구들의 이야기가 스며서 '우리의 이야기'가 되는 게 즐겁다. 고작 그런 걸로 외로움을 영영 피할 순 없단 걸 안다. 그럼에도 불구하고 서로의 외로움을 지켜봐주는 일이 얼마나 소중한지도 안다. 나이가 들고 점점 더 외로워질수록, 그 순간들은 더더욱 귀해질 것이다. 그리고 훗날 내가 있는 공간에서 가장 나이 많은 사람이자 가장 외로운 사람이 되었을 때, 동시에 외로움을 함께 나눌 사람도 가장 많은 사람이 되고 싶다. 그게 지금 내가 떠올릴 수 있는 유일한 해결책이다.

✿ 《쇼코의 미소》 115-116쪽, 문학동네, 2016

변해야
변치 않는 게
사랑이라니

얼마 전 친구가 소개팅에 나갔다가 사랑에 빠져 돌아왔다. 소개팅 내내 별 감흥이 없었는데, 저녁 식사를 마치고 자리에서 일어나면서 그 사람이 "혹시 괜찮다면, 내리는 지하철역까지 데려다줘도 될까요?" 하고 물었단다. 엥? 그게 뭐? 친구는 '집 앞'도 아니고 '내리는 지하철역'을 언급한 것은 사는 곳을 알리기 싫을 수도 있는 여자의 마음을 배려한 것이며, 막무가내로 "데려다주겠다"고 말하지 않고 선택권을 제시한 것에 센스를 느꼈다고 했다.

하지만 핵심은 "혹시 괜찮다면"이라는 표현이었다고. 너무 귀엽지 않냐는 친구의 질문에 그저 웃었다. 사랑에 빠지는 건 대개 어떤 '순간'이다. 그 사람의 표정이나 눈빛일 수도 있고, 인상 깊은 한마디일 수도 있다. 그런 것은 사소해서 더 의미심장하다.

나는 화장실에서 급히 물세수를 하고 나온 모습에 반한 적도 있다. 하얀 피부와 검은 머리칼에서 방울방울 떨어지는 물기, 그리고 쑥스러운 표정으로 입고 있는 빨간 티셔츠에 손을 문지르던 순간. 누군가 들으면 비웃을 수도 있겠지만 아마도 거기서 나는 순진함, 맑음, 천진함 같은 것을 떠올렸을 것이다.

결국 첫눈에 반하는 일은 비합리적인 일일 수밖에 없다. 밀란 쿤데라의 소설 《참을 수 없는 존재의 가벼움》에서 토마시가 테레자에게 사랑을 느낀 것도 그녀를 "송진으로 방수된 바구니에 넣어져 강물에 버려진 아이"라 느꼈기 때문이다. 작가는 말한다. "사랑은 단 하나의 은유에서도 생겨날 수 있다"고.

얼마나 낭만적인지! 하지만 사랑에 빠지게 만들었던 그 모습만 믿다가는 큰코다칠 수 있다. 첫눈에 반했던 순간을 지속하고자 하는 욕심이 오히려 연애를 방해하기도 한다. 나와 내 남편은 대학교 졸업 직후에 연인이 되었다(앞서, 물세수 따위로 순진해 보였던 바로 그 애). 같은 학교, 같은 전공으로 그동안 쭉 붙어 있었기 때문에 서로를 정말 잘 안다고 믿었다. 하지만 취업을 준비하면서 우리의 일상은 조금씩 변했다.

각자 고군분투할 시간이 필요했고, 면접이 한창 진행될 때는 마음의 여유가 없어지기도 했다. 연애를 막 시작했을 때는 서로의 아이 같은 면을 발견하고 즐거워했던 우리였는데, 정신 차려보니 어설픈 어른이 되느라 처음의 모습을 잃어버린 것만 같았다. 주변의 커플들도 취업 시즌을 겪으면서 삐거덕대는 것이 보였다.

한 사람이 먼저 취업했을 때, 한 사람이 공무원 시험에 매진했을 때, 한 사람이 야근이 많은 회사에 다니게 됐을 때… 상황이 변하면서 이전과 같은 연애 스타일을 지속할 수 없게 되자 많은 사람이 이별을 택했다. 그 사람들이 사랑에 빠졌던 순간의 그 마법은 어디로 간 걸까?

여자 친구를 마냥 귀여워만 하던 한 친구는, 그녀가 자신보다 연봉이 더 높은 기업에 들어가자 혼란스러워했다. 그를 사랑에 빠지게 만들었던 '귀여운 여자 친구'라는 이미지가, 그리고 그간의 연애 패턴(여자 친구는 응석을 부리고 자신은 받아주는)이 오히려 그들의 헤어짐을 부추기는 것 같아 보였다. 이참에 너도 좀 귀여움을 받아보는 건 어떻겠냐며 농담처럼 말했지만, 친구는 웃지 않았다.

하지만 세상 누구도 그저 귀엽기만 하거나, 순진하기만 하거나, 듬직하기만 하거나, 배려 깊기만 하지 않다. 우리 자신이 착하기도 나쁘기도 꼼꼼하기도 덜렁거리기도 똑똑하기도 바보 같기도 한 것처럼, 상대도 마찬가지다.

다시 나와 내 남편 이야기로 돌아가보자면, 우리가 처음 만난 건 2009년이다. 이제는 처음 반했던 순간이 가물가물할 정도이며, 그 모습이 딱히 중요하지도 않다. 남편이 갑작스레 이직을 준비하며 혼란스러워했을 때, 내가 짧은 기간 우울증을 겪었을 때 등등 각자가 흔들리며 평상심을 유지할 수 없게 되면 '이 사람이 내가 알던 사람이 맞나' 싶은 순간도 생긴다는 걸 이젠 알기 때문이다. 나는 남편의 순하고 안정적인 면을 좋아하지만 그에게도 분명 그렇지 못한 순간이 있고, 남편은 나를 (아마도) 귀엽고 총명하다고 생각해주는 것 같지만 나도 못나고 엉망이 되는 때가 있다.

한 사람과 10년을 넘게 지내보니 사랑에 '빠지는' 것과 사랑을 '지속하는' 것이 얼마나 다른 종류의 일인지 깨닫게 됐다. 어릴 때는 연애를 지속하기 위해 애쓰는 것이 '진짜 사랑'을 배반하는 행위라고 생각했다. 지속하기 위해 애써야 한다면 그게 어떻게 사랑이야? 그렇게 사랑의 정열적인 면만을 믿었다. 하지만 이제는 그때의 내가 틀렸다는 걸 안다.

사랑을 지속하기 위해 노력하는 것은, 없는 마음을 만들기 위해 애쓰는 것과는 다르다. 시간이 지나면서 조금씩 변해가는 상대에게 맞춰 나의 연애 패턴이나 사랑의 표현 방식을 바꿔주는 것, 상대 또한 변하는 나에게 맞춰

줄 수 있게 충분히 대화하고 이해시키는 것. 사랑이 계속되기 위해서는 꼭 필요한 일들이다.

그러니까 변치 않는 사랑이란 처음 사랑에 빠진 순간과 똑같이 유지되는 사랑이 아니다. 시간에 따라 변하는 두 사람에게 맞춰서 모습을 바꿔가는 사랑만이 변치 않을 수 있다. 변해야만 변치 않을 수 있다니. 아무리 많은 시간이 지나도 늘 어려울 것 같다, 사랑은.

내게
흘러들어온
것들

오랜만에 서울에서 인천으로 전철을 타고 내려가면서 당산철교 구간을 지났다. 고개 숙이고 있던 사람들이 일제히 얼굴을 드는 구간, 캄캄한 역과 역 사이 하늘과 강의 파란빛이 갑자기 전철 안으로 넘쳐 들어오는 바로 그 구간. 창밖의 청량한 푸르름을 넋 놓고 바라보며 감상에 젖었다.

이 구간을 가장 성실히 오간 것은 20대 초반, 친구들과 함께 밴드 활동을 했던 약 2년 반의 기간이었다. 매번 같은 공간에서, 같은 노래를, 수도 없이 반복하며 합주했던 그 시절. 처음엔 드러머가 다니는 이촌동 한 교회의 지하 합주실에서 모였다. 허술한 드럼과 종종 지지직거리는 마이크, 오래된 앰프…. 그래도 모든 것이 좋았다. 기타도 드럼도 이제 막 초보를 뗀 수준이었고, 베이스는 무려 실용음악과를 목표로 악기를 배우기 시작한 고등학생이었다. 나는 (악기를 다룰 줄 모르기 때문에) 노래를 했다. 할 줄 알아서, 잘해서 모인 게 아니라 노래와 연주가 하고 싶어서 모인 밴드였다. 그러니 연습이 많이 필요할 수밖에. 일주일에 두 번, 두세 시간씩 합주를 마치고 나오면 거리가 어둑어둑했다. 내내 눈을 맞추며 합주를 했던 우리는 팔짱을 끼고, 어깨동무를 하고, 깔깔대며 걸었다. 향하는 곳은 고작 주변의 치킨집이나 분식집이었지만.

자우림의 〈미안해 널 미워해〉, 뷰렛이 리메이크한 〈그댄 외로움 나는 그리움〉, 시이나 링고의 〈마루노우치 새디스틱〉 같은 노래를 연주하며 몇 계절을 보냈다. 우리가 과연 어디서 연주를 할 수 있을까 싶었지만, 참새처럼 바지런하게 공연을 물어오는 기타리스트 덕에 조금씩 무대에 서게 됐다. 대부분 '청소년'이나 '청년'이 붙은 작은 행사이거나 사람이 적은 목요일의 클럽이었다. 기껏해야 3분짜리 곡 너덧 개를 연주하니 공연 시간은 20분을 넘지 않았다. 하지만 아무도 기다리지 않아도, 보는 사람이 적어도 리허설은 해야 했기에 우리는 공연이 있는 주말이면 외진 공원이나 행사장, (사장님 말고는) 아무도 없는 클럽에서 반나절을 보냈다. 그때의 우리는 어떤 대화를 하며 기다림을 채웠던가. 슬프게도 잘 기억나지 않는다. 하지만 그런 나날이 차곡히 쌓일수록, 멤버들이 마음의 살갗을 맞대고 있는 사람처럼 가깝게 느껴졌다.

모두 10대 말과 20대 초, 세상을 향해 내가 휘두르는 것이 잡아주길 원하는 손인지 베어버리려는 칼인지도 구분하기 어려웠던 나이였다. 하지만 우리는 서로를 좋아했고, 아마도 사랑했고, 무슨 말 무슨 행동을 해도 다 받아주었다. 우리 안에서는 안전하다고, 함께하는 여기는 괜찮다고, 맞댄 마음의 살갗에서 그런 믿음을 얻으며 살아갈 수 있었다.

공연 경험이 하나둘 쌓인 우리는 여기저기 전전하지 않기 위해 한성대입구역 근처의 어느 합주실을 빌렸다. 인천에 살던 내게는 너무도 먼 거리였지만, 아랑곳하지 않았다. 당산철교 구간을 넘으며 합주실로 향하는 약 두 시간의 여행도 즐겁게 받아들였다. 언제든 사용할 수 있는 합주실이라니! 중간에 배달 음식을 시켜 먹는 것도, 술 마시고 음주 합주를 하는 것도 가능했다. 시간제한이 없으니 연습은 안 하고 소파에 모여 앉아 고민을 털어놓거나 요즘 좋아하는 노래를 서로 들려주며 어떤 노래가 더 나은지 목청을 높이기도 했다. 그 시간 안에서 합주곡은 계속 늘었고, 어설프지만 우리는 자작곡도 만들었다.

그러다 보니 공연에 찾아와주는 (팬이라고 하기에는 어색한) 어린 친구들도 생겼다. 사람이 많은 무대에 서고 싶어서, 나중에는 다른 밴드들과 함께 클럽을 대관해서 티켓을 팔고 공연을 열기도 했다. 무대에 오르면 정수리로 쏟아지는 뜨거운 조명, 마이크에 처음 숨이 닿는 소리, 환한 빛과 대비되어 환영처럼 보이던 관객들의 얼굴…, 무대 위의 기억이 아직도 생생하다. 나는 무대 체질이 아니라 매번 까무러칠 정도로 긴장을 하곤 했다. 하지만 등 뒤로 드럼이 페달 밟는 소리, 기타와 베이스가 음을 맞춰보는 소리가 들려오면 안심해도 좋을 품에 안긴 기분이 들어 노래를 시작할 수 있었다.

하지만 언제나 그렇듯, 좋았던 날은 안간힘을 쓰고 지켜도 그대로 지켜지지 않는다. 심지어 우리는 안간힘을 쓰지도 않았다. 2년 사이에 각자 가야 할 길이 조금씩 달라지고 있었기 때문이다. 베이스는 원하던 실용음악과에 합격했고, 대학생이었던 나머지 멤버들은 취업을 생각해야 하는 시즌이 되었다. 뭔가 훼손되는 것이 두려워서, 우리는 쉽게 손을 놓았다. 적어도 나는 그랬던 것 같다.

직장을 얻고 사회에 편입되면서 나는 그 시절을 '너무 좋았지만 다시 생각하면 좀 아깝다'고 회상했다. 노래가 아닌 다른 걸 했더라면 조금이라도 실속 있었을 텐데, 하는 세속적 마음 때문이었다. 그 시간에 소설이나 시를 썼더라면? 운동을 했더라면? 영어 공부를 했더라면? 친구라고 하기엔 너무 멀어져버린 밴드 멤버들과의 관계도 그런 회상을 하는 데 한몫했던 것 같다. 다 부질없는 것이 아니었나, 하고.

하지만 며칠 전 당산철교를 지나온 이후, 이 글을 쓰면서 점점 확신이 든다. 그 시절이 없었더라면 나는 지금과 전혀 다른 사람으로 자랐을 것임을 깨달았기 때문이다. 어느 술자리에서 한 후배가 술기운 섞인 목소리로 내게 물은 적이 있다.

"선배, 선배는 어떻게 그렇게 사람을 좋아해? 어떻게 그렇게 사람을 안 미워해?"

그때 나는 그저 흘려 웃으며 "내가 원래 그런 사람인가 보지, 뭐"라고 말했다. 이런 성격이 딱히 좋을 것도 없다고. 좋아하기만 하면 상처받기 더 쉬우니 어쩌면 멍청해서 그런 것 아니겠냐며. 답을 모르니 취기에 그런 말이나 지껄였다.

이제는 후배에게 맞는 답을 할 수 있을 것 같다. 20대의 한 시절, 마음의 살갗을 맞대고 안전한 곳에서 충분히 애정을 주고받았던 시절이 있어서 사람을 이렇게나 좋아하는 게 가능한 것 같다고. 그건 나 혼자 얻어낸 게 아니라 밴드 멤버들에게 '받은' 것이다. 그러니 더 이상 사람을 좋아하는 나의 성향을 스스로 폄하하거나 얕보지 말아야지. 자랑스러워하고, 뿌듯해하고, 고마워해야지. 당산철교 구간을 지날 때마다, 그 강의 윤슬을 마주할 때마다, 몇 번이고 되뇌어줘야겠다. 나를 이루는 것은 대부분 나로부터 온 게 아니라, 내 밖에서 흘러들어온 것이란 걸 기억하면서.

우리는
우리의
원을 그려요

　　20대 중후반 즈음에 나와 내 친구들은 대부분 홍대 인근에 살았다. 합정동, 망원동, 연남동, 연희동⋯. 우리는 새벽까지 홍대 구석구석을 누비며 술을 마시다가 마지막 술집 앞에서부터 집까지 걸어갔다. 각자 겹치는 방향까지는 함께 걷다가 길이 갈리면 그제야 손을 흔들며 헤어졌다. 쓰레기와 담배꽁초로 더러워진 거리를 휘청휘청 걸으며 심각한 얘기를 하다가 깔깔댔다. 큰 소리로 노래를 부르며 걷다가 다른 사람들에게 박수를 받은 적도 있다.

그랬던 우리가 이제는 곳곳에 흩어져 산다. 얼마 전 한 친구가 파주 출판단지로 이사를 해서 집들이 겸 친구의 생일 파티를 위해 그 집에 모였다. 각자 애인이나 배우자와 함께, 각자의 차를 타고.

"뭐랄까. 어른의 소풍 가는 기분이네."

함께 마실 와인을 몇 병 싣고 차에 올라 안전벨트를 매니 절로 그런 말이 튀어나왔다. 신이 나서 빠른 템포의 음악도 틀었다. 그런데 묘하게, 그와는 상반되는 어두운 기분이 어디선가 스멀스멀 올라오는 게 느껴졌다. 소풍이란 말 때문일까. 단체 활동을 할 때마다 불안해했던 어린 시절 내 모습이 떠올랐다.

나는 아파트 단지에서 어린 시절을 보냈다. 중학교에 들어가기 전까지 단지 내 놀이터뿐만 아니라 곳곳에 숨겨진 벤치, 주차장 바닥, 돌담, 화단, 노인정 뒤편 나무숲까지 곳곳을 누비며 놀았다. 나뭇가지를 꺾어 칼싸움을 하고, 놀이터를 뛰어다니며 형사 놀이를 했다. 풀과 꽃이 무성한 봄여름에는 놀이도 더욱 다양해졌다. 사루비아 꽃을 따서 꿀을 빨아 먹고, 장미를 따서 장미수(그냥 물에 장미를 담가 두는 거였다)를 만들었다. 우르르 몰려다니며 노는 게 즐겁긴 했지만, 마냥 좋기만 한 건 아니었다. 그 사이에서 소외당할까 봐, 이탈될까 봐 전전긍긍했던 어린 나의 모습이 지금도 가끔 떠오르니까.

어느 날, 아이들과 분꽃 씨앗을 따서 바닥에 그림을 그리고 놀았다. 조그마한 분꽃 씨앗의 까만 겉껍질을 벗겨 내면 분필 같은 알맹이가 나왔다. 씨앗 하나로 손가락 한 마디 정도의 직선밖에 그릴 수가 없기 때문에 한 명은 그림을 그리고 나머지 아이들이 뛰어다니며 분꽃 씨앗을 모아 왔다. 뿔뿔이 흩어져서, 이유는 알 수 없지만 전투적인 태세로. 하지만 어쩐지 그날따라 분꽃 씨앗이 눈에 띄지 않았고, 시간이 갈수록 나는 초조해졌다. 결국 되돌아가야 할 시간이 될 때까지 빈손이었고, 다 같이 모이기로 약속한 곳으로 향하면서 나는 울어버렸다. 두려웠던 것이다. 소외당할까 봐, 미움받을까 봐, 혹은 그렇게까지 노골적이진 않더라도 그 안에서 내 자리가 한 걸음 뒤로 밀릴까 봐.

고작 분꽃 씨앗 하나 때문에 울어버린 내가 지금 생각하면 좀 우습다. 하지만 그런 불안감은 유년 시절 내내 지속되어 여러 가지 에피소드를 남겼는데, 그게 부자연스러운 두려움이라는 걸 한참 후에나 깨달았다.

아마도 나는 항상 어딘가에 소속되어 있어야 안심할 수 있는 어린이가 아니었을까. 하나로 묶여 있는 굴레 바깥으로 떨어져 나가게 될까 겁내는 아이 말이다. 어딘가에 소속되고 싶다는 욕구는 누구에게나 있지만, 그 안에 있으면서도 지속적으로 불안을 느꼈던 이유는 '소속감'이라는 것을 잘못 정의하고 있었기 때문인 것 같다. 어렸던 나는 소속된다는 것을 어떤 원 안에 들어가는 일과 비슷하게 생각했다. 내가 잘못 움직였다간 밖으로 굴러떨어지거나 밀려날 수 있는 그런 동그라미. 말하자면 관계의 모양은 이미 정해져 있고 내가 거기에 맞출 수 있느냐 없느냐를 늘 고민해왔던 것이다.

하지만 20대를 통과하며 다양한 인간관계를 거치면서 깨달은 사실이 있다. 관계란 굉장히 유기적이고, 그 안의 사람들에 따라 모양과 크기가 계속해서 변할 수밖에 없

다는 것. 즉, 내가 그리지 않은, 이미 그려져 있는 원 안에 들어가기 위해 아등바등할 필요가 없었다. 나를 중심으로, 내가 소속되고 싶고 내가 소속시키고 싶은 사람들을 포함한 원을 그려나가면 되는 일이었다. 물론 그 원은 가끔 찌그러지기도 하고 구멍이 생기기도 한다. 하지만 함께하는 사람들의 애정과 노력이 있다면 다시 원의 모양으로 돌아간다. 그게 이전과 다른 모습의 원이라 하더라도 말이다.

파주에서의 1박 2일은 새벽 세 시까지 이어진 음주와 요리, 게임(보드게임을 무려 두 시간 넘게 했다)으로 성황리(?)에 끝났다. 오랫동안 앓아온 나의 불안은 그날 밤에도 여전히 내 안에 잔잔하게 깔려 있었지만, 이들이 내가 그린 원 안에 있는 '내 사람들'임을 떠올리면 마음이 괜찮아졌다. 집에 돌아오는 길에 친구 한 명에게 메시지를 받았다.

"한때 우리의 거리를 어떻게 조절해야 할지 모르겠는 때가 있었는데, 이렇게 편안한 거리를 찾아서 기뻐. 앞으로 계속 이렇게, 길고 긴 인생에서 손을 잡고 즐거움을 찾읍시다!"

눈물이 조금 났다. 나와 내 사람들은 여전히 우리의 원을 고쳐 그리는 중이다. 길고 긴 인생에서, 멈추지 않고 계속.

서로가
서로에게
선물이 되는

　내 방에는 선물이 담긴 종이 가방들이 있다. 받은 선물
이 아니라 줄 선물이 담긴. 솔직히 말하자면 '선물'이라는
거창한 이름이 어울리지 않는, 작고 소소한 물건들의 모
음이다. 색색의 과일 모양 캔디통, 특이한 향이 담긴 인
센스(마음을 안정시키고 공간의 분위기를 부드럽게 만들어주는
향), 푸른 물고기가 그려진 투명한 사케 캔, 지방의 어느
서점 이름이 새겨진 연필 등등. 어떤 선물은 딱 맞는 주인
을 찾기 위해 오랜 시간을 기다린다. 일본에서 사 왔던 야

마자키 위스키 미니어처는 무려 1년 반의 시간을 기다리다가 며칠 전 누군가의 선물이 되었다. 그 진가를 알아봐주는, 그 선물을 가장 기뻐할 사람에게 주어진 것이다.

내가 사계절 산타처럼 선물 꾸러미를 방 안에 만들어놓고 살게 된 건, 아무래도 엄마 때문인 것 같다. 약 30년 동안 유치원을 꾸려왔던 엄마는 주변에 사람이 참 많았다. 유치원 선생님, 방과 후 수업을 담당하는 선생님은 물론이고 급식을 책임지는 조리사님, 등하교 셔틀버스를 담당하는 기사님, 싱싱한 식자재를 납품하는 근처 시장의 상인 분들, 지자체 교육부서 담당자들….

챙겨야 할 사람이 많은 엄마는 국내든 해외든 여행만 갔다 하면 선물을 두 보따리 세 보따리씩 샀다. 누가 봐도 과한 선물 쇼핑이 의아해서 나는 몇 번이나 물었다.

"그걸 다 누굴 주려고?"

그러면 엄마는 이건 누구 저건 누구 하다가 결국엔 똑같은 말로 마무리를 했다.

"줄 사람은 다 생기기 마련이야. 모자라는 게 문제지."

학생일 때는 엄마의 그런 행동이 기이해 보였다. 하지

만 회사원이 되자 차츰 그 행동이 이해됐다. 솔직히 고백하자면 나는 선물을 정말 못 챙기는 사람이었다. 뭘 사야 할지도 모르겠고, 몇 명한테 줘야 할지도 모르겠고, 거창한 걸 사자니 돈이 많이 들고, 사소한 걸 사자니 주기에 민망한 것 같고….

언젠가 엄마와 함께 갔던 여행에서 그런 고민을 털어놨다. 여전히 선물을 척척 사던 엄마는 나를 보며 말했다.

"상대방이 '신세 진다'는 기분이 들 정도로 주는 게 좋아. 너한테 중요한 사람이면 더더욱. 아마 그 사람들에게 너는 이미 그 이상을 받고 있을 거야."

그 말을 들은 이후, 선물에 대한 내 관점은 180도 바뀌었다. 확실히 내 주변에는 떠올리기만 해도 행복해질 정도로 좋은 사람들이 많다. 하지만 내 마음만큼 그들에게 표현하지 못하고 있다는 걸 너무 잘 안다.

나는 섬세하게 배려할 줄도 잘 모르고, 중요한 날이나 사건을 기억했다가 챙기는 것도 잘 못한다. 카톡으로 한창 대화하다가 갑자기 사라져버리기 일쑤고, 오밤중에 갑자기 보고 싶다고 메시지를 보내며 징징대기도 한다. 이렇게 일관성 없고 관계를 잘 지킬 줄 모르는 나란 사람과 함께해주는 사람들이야말로 얼마나 고마운 이들인가. 그런 생각을 하다 보니 어느새 나도 엄마처럼 선물을 두 보따리 세 보따리 쟁여두고 있었다.

무엇보다 선물을 받고 좋아하는 사람들의 얼굴을 보는 게 기분 좋다. 엄청 심플하게 "고마워!" 하고 가방에 쏙 넣어버리고서는 집에 가는 길에 긴 메시지를 보내오는 사람도 있고, 아주 화사하게 웃어주는 사람도 있고, 이 선물을 받아서 얼마나 기쁜지 그 마음을 구구절절 늘어놓는 사람도 있다. 그 모든 반응이 다 기쁘다.

그중 가장 기억에 남는 반응을 얻은 건 후배에게 체리를 사준 날이었다. 시장을 지나는데 과일가게 좌판에 체리가 잔뜩 나와 있길래, 후배가 유독 좋아하는 과일이란 게 생각나서 한 근을 샀다. 백화점 과일 박스에 예쁘게 담긴 것도 아니고, 검은 봉지에 담긴 '체리 한 근'이라니. 막상 주려니 뭔가 겸연쩍었다. 아니나 다를까, 역 앞에서 질끈 묶인 검은 봉지를 건네받은 후배는 이게 뭐냐고 깔깔 웃으며 묶인 부분을 풀었다.

"어? 이거, 어…."

예쁘게 화장한 후배의 활짝 웃는 얼굴이 순식간에 눈물바다가 됐다.

"아니, 선배, 이거, 체리잖아요…."

그게 체리인 게 저렇게 눈물이 날 일인가…? 당황스러웠지만 어떤 마음인지 알 것 같아 나까지 눈물이 핑 돌았다. 그맘때 우리는 둘 다 회사 밖으로 뛰쳐나와 갈팡질팡한 나날을 겪고 있었다. 그러니까 후배에게 그날의 체리는 그냥 체리가 아니었던 것이다. 그녀가 없는 곳에서도 그녀를 생각하는 내 마음, 어떻게든 응원을 전해주고 싶은 마음이 체리의 모양으로 재탄생(!)했을 뿐. 서로에게 아주 작은 마음을 주고받는 것만으로도 이렇게 벅찬 순간이 있다. 김소연 시인의 산문집《나를 뺀 세상의 전부》에는 이런 구절이 나온다.

지금은 이런 식으로 말해보고 싶다. 선물은 주거나 받는 것이라기보다는 되는 것이라고. 선물이 되는 사건. 선물이 되는 시간. 선물이 되는 사람. 선물이 되는 말. 선물이 되는 표정. 선물이 되는 사람이 선물이 되는 말과 함께 선물이 되는 표정을 지으며, 자그마하고 사소한 선물 하나를 건넸을 때, 그것은 선물이 되는 시간이자 선물이 되는 사건이다. 그때 손과 손 사이에서 전달되는 사물 하나는 그 무엇이 되어도 상관이 없다.⬡

어떤 물건이든, 선물은 선물이 된다. 결국은 서로가 서로에게 선물인 것을 확인하는 과정이 된다. 30대 중반이 되어서도 여전히 관계에 서툰 나지만, 선물을 주고받는 일을 통해 애정을 주고받는 연습을 하며 더 나은 사람이 되고 싶다. 마음이든 물건이든 더 많이 주는 것을 망설이지 않는 사람이 되고 싶다. 오래오래 내가 좋아하는 사람들에게 선물이고 싶다. 엄마 말대로 이미 나는 그들에게 더 많은 것을 받고 있을 것이므로.

⬡ 《나를 뺀 세상의 전부》 23쪽, 마음의숲, 2019

사람의
마음을
밝히는 것

　사람들은 비슷비슷한 고민을 안고 살아간다. 잠시 흘러가는 고민이든 오래 붙들려 있는 고민이든 마찬가지다. 고민 중에서도 가장 큰 비중을 차지하고 있는 것은 아마 '인간관계'에 대한 것이 아닐까 싶다. 얼마 전, 영화를 주제로 한 모임의 첫 만남 자리에서 그 생각에 좀 더 확신이 더해졌다. 전혀 상관없는 주제의 영화였음에도 이야기가 돌고 돌아 도착한 종착지는 인간관계였기 때문이다.

　우연찮게도 그날 그 자리에 모인 열네 명은 대부분 20대후반에서 30대 중반, 그러니까 지금의 나와 비슷한 나이대의 여성들이었다. 모두 학교를 벗어나 사회 속에서의 인간관계를 짧게는 7년에서 길게는 10년 정도 겪으면서 나름의 룰을 만들었거나 만들어가고 있는 시점에 있었다. 그 사이에서 가장 화두가 된 인간관계는 가족도 직장 내 관계도 아니었다. 예상외로 '친구 관계'였다.

"말하자면 삼진아웃 같은 거죠."

친구 관계의 고민에 관해 이야기하던 누군가가 마지막에 이런 문장을 던졌다. 삼진아웃이라니. 낯선 단어지만 얘길 듣던 모든 사람이, 그 '룰'을 이해할 수 있었다. 나와 맞지 않는 사람, 혹은 나를 괴롭게 하는 사람이 있다면 세 번까지만 기회를 주고 이후에는 관계를 정리하는 것이다. 맺고 끊기에는 완전 젬병인 내가 "그럼 다시 돌아가는 건 없어요? 봐서 2루에 갔던 사람을 1루로 돌려보낸다거나 하는 식으로 한 단계 뒤로 보내는 거죠" 했더니 다들 깔깔 웃었다. 옆자리에 앉은 A(그날 처음 본 사람이다)도 웃으면서 손사래를 쳤다.

"그런 게 어디 있어요. 한번 가면 못 오지."

이미 어른이 된 우리는 안다. 어린 시절처럼 나를 힘들게 하는 인간관계를 억지로 쥐고 있을 필요가 없다는 것을. 꼭 나쁜 사람만이 나를 다치게 하는 것이 아니라, 단지 나와 맞지 않기 때문에 상처가 되는 사람이 있다는 것도.

삼진아웃이라는 말에 다들 고개를 끄덕였지만 아마 머릿속에서 각자의 상황, 각자의 친구들을 떠올렸으리라. 아니나 다를까, 다양한 삼진아웃 스토리(?)가 쏟아져 나왔다.

그 자리에서, 나 또한 처음에 부여받았던 '모임장'이라는 역할을 까맣게 잊은 채 고민을 털어놓기도 했다. 다들 열심히 서로의 입장을 헤아려가며 응원과 위로를 건네고 조언과 해결책을 제시했다. 친구 관계의 맺고 끊음에 대해서 이렇게 다양한 시선으로 이렇게 깊이 대화했던 적이 있었던가.

시작은 '삼진아웃'이었지만 이야기가 이어지는 시간이 길어질수록 경험담과 결론이 다채로워졌다. 당연한 일이다. 인간관계란 '삼진아웃'처럼 단답형으로 끝날 수 있는 것이 아니니까. B는 누군가와의 관계를 끊어야 할지 말아야 할지 결정해야 하는 시기가 오면, 믿을 만한 친구 몇에게 조언을 구한다고 했다. 최대한 상세하게 상황을 설명하고 "너라면 그 사람을 어떻게 하겠어?"라며 묻는 것이다.

"그렇게 조언을 구해서 결과가 달라진 적이 있었나요? 정리하려던 관계를 그냥 둔다던가 하는 식으로요."

누군가 묻자 B는 "당연히 있죠. 제가 늘 옳은 건 아니니까요"라고 대답했다. 어떤 사람은 그 답을 놀라워하는 눈치였다.

C는 친구와 부딪히는 일이 있더라도 그 사람이 '소중한 친구'라면 끝까지 노력한다고 했다. 말은 감정에 쉽게 휩쓸려 격양될 수 있으니 자신의 의견과 마음을 담아 손편지를 쓴다고, 해보니 좋은 방법인 것 같다고 다른 사람들에게도 추천했다.

D는 정말 좋아하고 중요한 친구라면 애초에 관계의 '아웃' 따위를 고려하지 않고, 무조건 잘해준다고 했다. 아예 기브앤테이크의 카운팅을 하지 않는 것이다. 대신 '소중한 친구'의 범주 안에 들어오지 않는 사람에게는 칼

같이 대한다고 했다. 그렇게 하는 게 오히려 모든 사람을 마음 편하게 대하도록 돕는 것 같다는 말에 나도 모르게 고개가 끄덕여졌다.

소중한 친구 관계를 지키는 방법에 정답은 없다. 열네 명의 사람이 앉아 있던 그곳에는 저마다 다른 열네 가지의 '친구 관계 잘 지키는 법'이 있었을 것이다. 어떤 방법은 아직 시행착오를 겪는 중이거나, 실패를 딛고 다시 구상 중인 것일 수도 있다. 하나의 방법을 찾았다고 해서 그게 늘 정답일 순 없을 테니, 누군가는 두세 개의 답을 가지고 상황에 따라 다르게 적용하고 있을 수도 있다.

중요한 것은 소중한 관계를 지키기 위해 각자가 끊임없이 고군분투하고 있다는 점이다. 누구 하나 포기하거나 마음을 닫아버리지 않고, 냉소하거나 관계를 장악해버리려고 하지도 않았다. 그 점이 너무 놀라웠다. 그토록 고민하면서도 끝내 저버리지 않는 마음이 있다는 것이. 나도 상대방도, 누구 하나 이기거나 지지 않고 오래오래 함께할 수 있는 관계를 위해 써야 할 마음의 양과 깊이를 알기 때문에.

　모임이 끝나고 집으로 돌아가는 길에 내 친구들의 얼굴을 헤아려봤다. 밤하늘에 별은 없지만, 마음만은 환해서 기뻤다. 문득 깨달았다. 어쩌면 모두 이 마음의 빛을 지키기 위해 애쓰는 것이겠구나. 사람의 마음을 밝히는 건 결국 사람이니까.

나에게도
좋은 사람이 될게요

초판 1쇄 인쇄 2020년 9월 21일
초판 1쇄 발행 2020년 9월 30일

지은이 전아론

펴낸이 김남전
편집장 유다형 | **기획·책임편집** 이정순 | **디자인** 정란 | **일러스트** 김예지
마케팅 정상원 한웅 정용민 김건우 | **경영관리** 임종열 김하은

펴낸곳 ㈜가나문화콘텐츠 | **출판 등록** 2002년 2월 15일 제10-2308호
주소 경기도 고양시 덕양구 호원길 3-2
전화 02-717-5494(편집부) 02-332-7755(관리부) | **팩스** 02-324-9944
홈페이지 ganapub.com | **포스트** post.naver.com/ganapub1
페이스북 facebook.com/ganapub1 | **인스타그램** instagram.com/ganapub1

ISBN 978-89-5736-350-8 (03810)

※ 책값은 뒤표지에 표시되어 있습니다.
※ 이 책의 내용을 재사용하려면 반드시 저작권자와 ㈜가나문화콘텐츠의 동의를 얻어야 합니다.
※ 잘못된 책은 구입하신 서점에서 바꾸어 드립니다.
※ '가나출판사'는 ㈜가나문화콘텐츠의 출판 브랜드입니다.

※ 이 도서의 국립중앙도서관 출판시도서목록(CIP)은 서지정보유통지원시스템 홈페이지(http://seoji.nl.go.kr)와
국가자료공동목록시스템(http://www.nl.go.kr/kolisnet)에서 이용하실 수 있습니다. (CIP제어번호: CIP2020038092)

가나출판사는 당신의 소중한 투고 원고를 기다립니다. 책 출간에 대한 기획이나 원고가 있으신 분은 이메일
ganapub@naver.com으로 보내 주세요.